Dans les yeux d'Anna

Dans les yeux d'Anna

JEAN LITTLE

Préface de Katherine Paterson

Texte français de Claudine Vivier

Illustrations de la couverture : Byron Eggenschwiler
Illustrations intérieures : Joan Sandin

Pour Anne,
avec tout mon amour

Catalogage avant publication de Bibliothèque et Archives Canada

Titre: Dans les yeux d'Anna / Jean Little ; illustrations de Joan Sandin ;
texte français de Claudine Vivier.
Autres titres: From Anna. Français
Noms: Little, Jean, 1932-2020, auteur. | Sandin, Joan, illustrateur. |
Vivier, Claudine, traducteur.
Description: Traduction de : From Anna.
Identifiants: Canadiana 20230443893 | ISBN 9781039702745 (couverture souple)
Classification: LCC PS8523.I77 F714 2023 | CDD jC813/.54—dc23

Crédits :
p. 5-7, 43, 138 : © Kohaw Music (ASCAP)/Appleseed Music Inc. (ASCAP), 1966, pour
« Die Gedanken Sind Frei », écrite par Arthur Kevess. Sous license de The Bicycle Music
Company. Utilisée avec autorisation.

Édition publiée par les Éditions Scholastic,
604, rue King Ouest, Toronto (Ontario) M5V 1E1, Canada.

5 4 3 2 1   Imprimé au Canada 114   23 24 25 26 27

Table des matières

Préface

Jean Little a souvent été qualifiée d'« écrivaine canadienne de littérature jeunesse la plus aimée », et il suffit de lire *Dans les yeux d'Anna* pour comprendre pourquoi. Depuis des décennies, la jeune Anna Solden réchauffe le cœur des lecteurs de tous les âges et de tous les horizons. Si vous souhaitez lire un livre sur une famille forte et aimante (et ces livres sont rares de nos jours), c'est celui qu'il vous faut. Si vous, ou l'un de vos proches, êtes aux prises avec un handicap non reconnu, c'est le livre qu'il vous faut. Si vos frères et sœurs plus doués se moquent de vous ou si on vous rabaisse à l'école, c'est le livre qu'il vous faut. Si vous avez été contraint de quitter le seul foyer que vous connaissiez pour vous installer dans un milieu inconnu, c'est le livre qu'il vous faut. Si vous êtes un étranger qui aspire à l'amour et à la compréhension...

Évidemment, je pourrais continuer ainsi encore longtemps.

Jean Little a été une amie très chère pendant de nombreuses années, et j'ai lu *Dans les yeux d'Anna* pour la première fois au début de notre amitié. Je me souviens avoir beaucoup aimé ce livre il y a plus de vingt-cinq ans, mais je n'étais pas préparée à la réaction que j'aurais à la relecture de cette histoire. Le livre n'a pas du tout vieilli, l'histoire est toujours aussi rafraîchissante et actuelle. Mais moi, j'ai vieilli. Et en relisant l'histoire d'Anna, je me suis surprise à refouler des larmes à plusieurs reprises.

Que puis-je dire de plus? *Dans les yeux d'Anna* est un livre charmant. Si vous ne l'avez pas encore lu, faites-le, il vous réchauffera le cœur. Si vous l'avez déjà lu, relisez-le. Il rafraîchira votre âme.

— Katherine Paterson
Barre, Vermont, 2012

*Cette histoire commence en Allemagne en 1933,
à une époque où de nombreux citoyens allemands se
voient privés de leurs droits individuels et où il est
dangereux pour quiconque de protester contre cette
injustice. Certains, comme le père d'Anna, décident alors
de partir avec leur famille vers un nouveau monde.*

1
Une chanson pour M. Keppler

*F*aites que ce soit Papa, souhaitait désespérément Anna en tirant la lourde porte d'entrée. *Faites que j'aie raison.*

Elle aurait voulu descendre les marches en courant, mais elles étaient inégales et il lui était déjà arrivé de les débouler la tête la première. Pas question d'accueillir Papa en s'étalant à ses pieds, encore moins avec une nouvelle série de bleus! Mais une fois sur le trottoir, Anna se mit à courir. Et elle fut bientôt assez près pour en être sûre : *c'était* bien lui.

— Papa, Papa! cria-t-elle, ravie, en jetant ses bras autour de sa taille et en le serrant contre elle.

Une seconde après, elle tentait de se dégager. Elle, Anna, n'embrassait jamais les gens comme ça. Pas dans la rue lorsque n'importe qui pouvait la voir. Mais Papa avait lâché son porte-documents et la serrait fort... Lui, le monde entier pouvait le regarder, il s'en moquait pas mal.

— Arrête, arrête! Tu m'étouffes, parvint-elle enfin à articuler.

En riant, il la lâcha. Elle entreprit aussitôt de ramasser son porte-documents et de l'essuyer avec un pan de sa jupe avant de le lui rendre. Elle gardait la tête baissée pour qu'il ne voie pas à quel point elle était heureuse d'avoir été la première à l'accueillir. La première à être ainsi embrassée. Mais Papa avait deviné. Il se baissa pour lui prendre la main et la garda dans la sienne tandis qu'ils se remettaient en route vers la maison.

— Où sont les autres? demanda-t-il.

Anna se renfrogna. Pourquoi fallait-il que les quatre autres aient tant d'importance? C'est vrai que Papa avait le droit de s'étonner. Pas une fois elle n'était venue toute seule à sa rencontre. Gretchen ou Rudi, Fritz ou Frieda, ou même tous les quatre, venaient toujours l'accueillir eux aussi.

— Trop occupés à se chamailler à propos de ce qui s'est passé aujourd'hui à l'école, expliqua-t-elle. Je me suis postée à la fenêtre pour guetter ton arrivée.

Elle traînait les pieds, à présent. Elle voulait le garder pour elle toute seule encore quelques minutes.

— Qu'est-ce qui s'est passé à l'école? demanda-t-il.

Il lâcha sa main et tous deux s'arrêtèrent, pendant qu'il attendait sa réponse. Machinalement, Anna attrapa une de ses maigres tresses qu'elle se mit en devoir de triturer. Un geste habituel quand elle était soucieuse.

— Arrête, Anna, prévint Papa. Tu vas la défaire.

Trop tard. Elle jeta un regard consterné sur le ruban froissé qu'elle tenait dans la main. Maman l'implorait tout le temps de laisser ses tresses tranquilles. Mais elle oubliait.

— Attends, laisse-moi arranger ça, dit Papa. Je peux toujours essayer.

Anna lui tourna le dos et lui tendit le ruban par-dessus son épaule. Maladroitement, il essaya de rassembler les cheveux. C'est vrai que ce n'était pas facile. Les mèches rebelles s'obstinaient à lui glisser des mains. À la fin, Anna empoigna l'extrémité de la natte et Papa fit un nœud tout de travers au milieu. Il fronça les sourcils. Il n'avait pas cherché à refaire la tresse, et c'était tout de travers. Anna le savait aussi bien que lui, mais elle décida de ne pas y attacher d'importance. Même quand c'était sa mère qui lui faisait ses nattes, le résultat n'était jamais parfait, contrairement aux belles tresses épaisses, lisses et brillantes de Gretchen.

— À propos de l'école, Papa... reprit-elle en se retournant vers lui.

Papa oublia lui aussi la tresse.

— Oui, qu'est-il arrivé?

Anna hésita quelques secondes. C'était en fait l'histoire de Gretchen, pas la sienne. Mais Gretchen et les autres avaient si souvent quelque chose à raconter. Qu'aurait-elle bien pu dire, elle, de son calvaire quotidien dans la classe de Mme Schmidt? Mais tant pis pour Gretchen. Elle n'avait qu'à guetter elle aussi l'arrivée de Papa!

— Nous étions tous au rassemblement, commença-t-elle. Nous nous rassemblons toujours avant d'entrer en classe, et nous chantons. Nous devons choisir une ou deux chansons. Les plus grands, je veux dire. Ce matin, c'était au tour de Gretchen et elle a demandé *Die Gedanken sind frei*. Toute l'école la connaît, sauf les plus jeunes. Je suis la seule de ma classe à la connaître.

Anna fit une pause, fière de son savoir, se remémorant le jour où Papa lui avait appris cette chanson, quand elle n'avait que cinq ans. Il lui avait expliqué le sens et la noblesse des paroles jusqu'à ce qu'elle les comprenne, et ensuite, ils avaient marché en chantant *Die Gedanken sind frei*. Cela voulait dire « Mes pensées sont libres comme l'air ».

— Et que s'est-il passé? répéta Papa.

— Eh bien, M. Keppler... tu sais, le nouveau directeur d'école, celui que le gouvernement a envoyé quand M. Jakobsohn est parti...

Papa hocha la tête et son regard s'assombrit. Lui et M. Jakobsohn étaient amis. Ils jouaient aux échecs ensemble. Mais les Jakobsohn étaient partis en Amérique trois semaines auparavant.

— M. Keppler a simplement dit : « On ne chantera plus cette chanson ici. » Mme Braun avait déjà attaqué les premières notes pour qu'on entonne à sa suite, et personne ne savait quoi faire. Gretchen était encore debout, elle est devenue toute rouge et elle a demandé tout haut :

« Pourquoi? » C'était courageux de sa part, Papa. Tout le monde a peur de M. Keppler. Quand Rudi raconte qu'il n'en a pas peur, il ment.

— Et qu'est-ce que M. Keppler a répondu à Gretchen? demanda Papa.

Il semblait irrité, comme s'il connaissait déjà la réponse.

— Il n'a rien répondu du tout, dit Anna.

Elle était encore estomaquée, rien qu'en y repensant.

— Je veux dire, il n'a donné aucune raison. Il a simplement regardé Gretchen et lui a dit : « Assieds-toi. »

L'ordre était sorti, sec et péremptoire, de la bouche d'Anna qui imitait le directeur.

— Rudi pense que M. Keppler n'aime peut-être pas cette chanson, que cela ne veut rien dire de particulier...

Elle parlait avec moins d'assurance à présent.

— Et qu'avez-vous chanté à la place? demanda Papa en se remettant en marche vers la maison.

Papa ne regardait pas Anna, mais fixait le trottoir.

— *Deutschland, Deutschland über alles,* l'hymne national.

Ils étaient arrivés au perron. Leur moment d'intimité tirait à sa fin. Les épaules d'Anna s'affaissèrent.

Puis, tout d'un coup, Papa s'arrêta et, rejetant la tête en arrière, se mit à chanter :

Die Gedanken sind frei,
Libres comme l'air sont mes pensées.

Die Gedanken sind frei,
Elles sont ma force, ma liberté
Nul savant ne peut les classer
Et nul chasseur les piéger
Personne ne peut m'en priver
Die Gedanken sind frei.

Comment M. Keppler pouvait-il ne pas aimer des mots pareils? Une si belle mélodie? Le chant résonna dans la rue tranquille. Anna joignit sa voix au second couplet. Elle chantait de tout son cœur, exactement comme Papa, comme si chaque mot comptait :

Et je pense comme il me plaît
Et bien du plaisir en ai
Ma conscience m'a ordonné
De vénérer cette liberté.

Anna entendit alors les autres arriver : Rudi dévalant les marches quatre à quatre, Gretchen sur ses talons, et les deux jumeaux qui suivaient, tant bien que mal. La porte s'ouvrit toute grande. Les quatre enfants regardèrent leur père et leur sœur. Une seconde plus tard, ils chantaient eux aussi.

Mes pensées ne serviront
Ni prince ni despote ni tyran,

Mes idées fleurissent librement.
Die Gedanken sind frei.

— Papa, est-ce qu'Anna t'a dit...? coupa Gretchen.

Mais Papa, chantant toujours, ouvrait la marche dans le hall d'entrée. Tous le suivirent comme s'il était le joueur de flûte d'Hamelin, et tous ensemble, ils entonnèrent à l'unisson le magnifique couplet final :

Que les tyrans me prennent
Et me jettent en prison,
Mes pensées, ignorant les chaînes
Comme fleurs au printemps jailliront.
Les fondations en trembleront
Et les murs s'écrouleront
Et les hommes libres pleureront
Die Gedanken sind frei.

Ils étaient maintenant dans la cage d'escalier. En haut, Maman les attendait.

— Ernst, as-tu perdu la tête? demanda-t-elle. La petite Trudi Grossman a été malade toute la journée et Minna vient juste de réussir à l'endormir. À quoi penses-tu donc, à faire tout ce vacarme?

Les cinq enfants et Papa l'avaient rejointe. Papa prit Maman par la taille et l'embrassa. Elle rougit. Il riait à présent, même s'il s'en voulait aussi d'avoir peut-être réveillé le bébé. Mais aucun pleur ne monta de l'appartement d'en bas.

— Profitons-en, Clara. Une chanson pour M. Keppler, avant qu'il m'interdise de chanter avec mes propres enfants.

— Ne dis pas d'idioties! rétorqua Maman en se dégageant.

— Anna t'a tout raconté! s'écria Gretchen.

Anna se mit à fixer le bout de ses souliers. Mais elle était encore aux anges d'avoir été la première à mettre Papa au courant.

— Oui, Anna m'a raconté.

Il parlait maintenant d'une voix grave et éteinte. La fête était finie.

— Mais ça ne veut rien dire, hein Papa? demanda Rudi.

Plus tôt, il en était certain, mais il semblait maintenant ébranlé.

— Je t'avais bien dit que si!

Gretchen, d'ordinaire si calme, était au bord des larmes.

— Ce n'est pas seulement la façon dont il m'a parlé. Si vous aviez vu le regard qu'il a lancé à Mme Braun. Elle avait les mains qui tremblaient. Je l'ai vue. Je pensais qu'elle ne pourrait pas jouer l'hymne national.

— Mais j'essaie de vous dire depuis tout à l'heure que ce n'est pas la pire chose qui soit arrivée aujourd'hui! s'exclama Fritz. En fait, ce n'est pas vraiment arrivé aujourd'hui... Le père de Max Hoffman a disparu! Volatilisé! Depuis trois jours.

Fritz attendit que la nouvelle fasse son effet. Pour lui, c'était une histoire excitante, mais pas vraiment réelle. C'est un autre élève qui la lui avait racontée. Mais Anna, elle, avait parlé à Gerda, la sœur de Max. Elle se souvenait de son visage, défait d'avoir trop pleuré.

— De quels Hoffman parles-tu? questionna Maman en se dirigeant vers la cuisinière. Il n'y a personne parmi nos connaissances qui ferait une chose pareille à sa famille. Quelle honte!

— Mais il n'a pas... commença Anna qui en oubliait qu'elle était la plus jeune, se souvenant uniquement des yeux gonflés de Gerda. Je veux dire... ça ne s'est pas passé comme ça. Gerda me l'a dit.

— Oh, Anna Solden! Regarde tes cheveux! coupa Maman.

Encore hantée par l'image de Gerda, Anna ne lui prêta aucune attention. Il fallait qu'elle leur dise, qu'elle leur fasse comprendre. Et Papa pourrait peut-être faire quelque chose.

— Le souper était prêt... Il était même servi. Et les Hoffman attendaient, attendaient, et M. Hoffman n'arrivait pas. Et quand Mme Hoffman est allée à la police, c'est à peine s'ils l'ont écoutée, m'a raconté Gerda. Ils lui ont dit de rentrer chez elle et de n'en parler à personne.

Papa l'écoutait très attentivement. Et il semblait aussi bouleversé qu'elle. Mais Maman se mit à rire :

— Les policiers connaissent ce genre de choses, fit-elle. J'imagine qu'elle n'est pas la première qui vient les voir parce que son mari s'est envolé. Parce que, vraiment, qu'est-ce qui aurait pu arriver d'autre? Il serait rentré chez lui s'il l'avait voulu, à moins d'un accident... d'une crise cardiaque. Est-elle allée voir dans les hôpitaux?

— Je crois que oui, murmura Anna.

Elle en savait si peu, en réalité.

— Il y a trois jours qu'il a disparu, ajouta-t-elle.

— Ça, je l'ai déjà dit, fit Fritz.

— Alors, ce n'est pas un accident.

Pour Maman, l'incident était clos. Elle posa sur la table le plat fumant qu'elle avait apporté :

— Allez, à table. Oublions M. Hoffman pendant que c'est chaud. Il est probablement installé devant un bon souper, à l'heure qu'il est. Et laisse cette natte tranquille, Anna. Je vais l'arranger plus tard.

Papa alla s'asseoir dans sa grande chaise. Les autres prirent place à table. Tous baissèrent la tête pendant que leur père récitait le bénédicité. Puis à la fin, il ajouta :

— Seigneur, aie pitié de la famille Hoffman, ce soir, et de ce pays déchiré... et de tous les enfants, au nom de Jésus, Amen.

Ils levèrent la tête et le dévisagèrent. Maman réagit la première :

— Ernst, de quoi parles-tu? C'est vrai qu'il y a eu beaucoup de gens au chômage, et que la vie a été horriblement chère. Mais les années noires sont terminées. Tout le monde sait ça.

Anna regarda son père. Lui, il saurait. Il saurait calmer ses craintes. Comme ce serait horrible d'attendre à la fenêtre qu'il apparaisse au coin de la rue, et de ne jamais le voir revenir! Cette idée l'avait hantée toute la journée.

Papa leva lentement sa fourchette :

— Les années noires... reprit-il. Je pense qu'elles ne font que commencer. Nous n'avons qu'une petite idée des ténèbres qui nous menacent.

— Ernst! s'écria Maman, horrifiée par ses paroles et son regard chagriné, comprenant un petit peu mieux les choses qu'Anna.

— Parlons d'autre chose, Clara, répondit Papa. Ce n'est pas le moment.

Mais Anna était tout ébranlée. Son père avait peur. Il ne pouvait pas la rassurer, après tout. Et elle ne lui avait même pas tout raconté.

— Mme Hoffman voulait que Gerda demande à M. Keppler de les aider, poursuivit-elle. Mais Max n'avait pas envie d'aller le voir, et Gerda non plus. Papa, qu'est-ce qu'ils doivent faire?

— M. Keppler ne les aidera pas, répondit Papa, avec dans sa voix la même tristesse qu'elle avait vue plus tôt sur son visage.

Et puis il lui sourit. C'était un sourire plein d'amour, mais d'où l'espoir était absent.

— Je vais aller parler à Mme Hoffman et voir ce que je peux faire, promit-il.

Mais il avait encore peur. Anna ne pouvait expliquer comment elle le savait. Peut-être parce qu'elle-même avait si souvent peur. Si seulement elle pouvait faire quelque chose pour le rassurer!

Elle avala une bouchée, plongée dans ses réflexions. Une idée lui vint. Elle ne savait pas si c'était une bonne idée ou non. Papa avait lui aussi commencé à manger. Elle se pencha tranquillement vers lui et toucha sa main pour attirer son attention. Elle ne voulait pas que les autres entendent. Ils risquaient de rire. Rudi disait souvent qu'elle était folle.

Mais les cigares au chou de Maman étaient bien trop bons pour qu'on les laisse refroidir, alors personne ne lui prêta attention, excepté son père :

— Nos pensées sont libres comme l'air, Papa, murmura-t-elle.

Il leva la tête et lui sourit. Un vrai sourire cette fois. Il enveloppa sa petite main dans la sienne et la pressa affectueusement.

— Quoi que je fasse, je le ferai pour toi, mon Anna, lui promit-il.

Anna ne comprenait pas ce qu'il voulait dire. Quelles étaient ces choses qu'il devait faire? Allait-il parler à Mme Hoffman? Quoi d'autre?

Elle-même n'avait pas la réponse, mais elle savait qu'elle avait dit ce qu'il fallait dire. Elle, Anna! Pas Rudi, ni Gretchen, ni Fritz, ni Frieda.

Heureuse, elle enfourna une autre bouchée.

2
Les années noires

Anna demanda :

— Vas-tu chez Gerda ce soir, Papa?

— Pas ce soir, répondit-il, l'air troublé. J'irai demain soir, ma chérie. Peut-être qu'à ce moment-là, tout sera rentré dans l'ordre.

Anna savait qu'il lui disait cela parce qu'elle était une enfant. Papa ne croyait pas une minute que les choses allaient s'arranger. *Faites qu'il se trompe*, pria Anna.

Le lendemain matin, Gerda était à l'école mais ne parlait à personne. Anna essaya de se rapprocher d'elle autant qu'elle le put sans se faire voir. Plus d'une fois, elle faillit lui dire : « Ne t'en fais pas, Gerda. Mon père va aller chez vous, ce soir. Il trouvera un moyen d'arranger les choses. Il va trouver où est ton père. »

Mais elle se souvenait de la mine sombre de Papa, comme s'il en savait plus qu'il ne voulait en dire. Et elle ne voulait pas éveiller de vains espoirs chez Gerda.

Celle-ci ne semblait pas remarquer Anna, qui rôdait autour d'elle. Toute la journée, son visage demeura fermé, comme si elle s'était retranchée derrière des volets.

— Tu dors Gerda, la rappela à l'ordre Mme Schmidt.

Il y eut une seconde de silence. Puis on entendit Gerda répondre machinalement :

— Oui, Mme Schmidt.

Ce soir-là, dès que les Solden eurent fini de souper, Papa s'apprêta à aller chez les Hoffman.

— Et si c'était dangereux, Ernst? demanda Maman, alors qu'il quittait la maison.

— Et si je pouvais les aider? répliqua-t-il en s'en allant.

Il rentra à la maison bien trop vite. Quand il ouvrit la porte, Anna se précipita vers lui, espérant lire sur son visage que M. Hoffman était revenu chez lui sain et sauf.

— Ils ont quitté Francfort, annonça-t-il. J'aurais dû y aller avant… mais j'imagine que cela n'aurait pas changé grand-chose.

Le lendemain, à l'école, les rumeurs allaient bon train. Anna écoutait sans broncher.

— M. Hoffman a filé avec tout son argent.

— Ils sont partis chez une tante, à Rotterdam.

— Il paraît qu'ils sont allés à Berlin.

— Mais non, imbéciles! Ils sont partis en Angleterre. C'est Johann Mitter qui me l'a dit.

Il y eut un éclat de rire étouffé. On pouvait faire confiance à Johann Mitter pour raconter n'importe quoi.

— Il ment, comme d'habitude, railla Elsie Kronen. Mon grand frère a parlé aux voisins des Hoffman. Mme Hoffman leur a laissé une lettre à remettre à son mari si jamais il réapparaissait et leur demandait où elle était. Elle ne leur a même pas dit où elle allait. Mais vous vous rappelez de ce que disait Gerda à propos de cette ferme, en Autriche, où ils allaient en été...

Je ne dirai rien, Gerda, promit Anna en son for intérieur. *Je suis encore ton amie.*

Immobile, elle attendait le rassemblement. Elle avait été si heureuse que Gerda la remarque et se confie à elle. C'est vrai que jamais personne ne venait parler à Anna, et c'est peut-être pour ça que Gerda n'avait pas eu peur de venir vers elle. En tout cas, cela n'arrivait pas souvent qu'on lui parle. Elle était trop stupide.

Tout avait commencé le premier jour, il y avait longtemps, quand Anna avait commencé à se bagarrer avec l'alphabet. Elle trouvait que presque toutes les lettres se ressemblaient. Et si au moins elles avaient pu rester tranquilles sur la page, il aurait été plus facile de les distinguer les unes des autres. Mais à chaque fois qu'Anna les fixait, elles se mettaient à danser devant ses yeux. Anna espérait que quelqu'un d'autre soulève la question. Mais personne ne l'avait fait, et elle avait peur d'évoquer elle-même le sujet. Alors elle tenait le livre de plus en plus près, en espérant que les lettres finissent par se calmer.

Et puis Mme Schmidt l'avait appelée au tableau pour

réciter à son tour ce qu'elle avait appris. L'institutrice pointait avec sa baguette les lettres sur le tableau.

— Quelle est cette lettre, Anna?

Anna ne savait pas. Elle ne pouvait même pas la distinguer clairement. Elle attendait, muette de honte, incapable de proférer un son.

— Tu es bien Anna Solden? demanda l'institutrice.

Anna hocha la tête, toujours incapable de parler.

— Tu es bien la sœur de Rudolf et de Gretchen, et des jumeaux?

Anna hocha encore la tête. Elle avait les joues brûlantes.

— Tiens-toi droite, et réponds correctement. Tu dois répondre : « Oui, Mme Schmidt. »

Anna se redressa un peu.

— Oui, Mme Schmidt, murmura-t-elle.

L'institutrice claqua sa langue en signe d'impatience :

— Cesse de marmonner. Parle clairement, ordonna-t-elle.

Elle attendit. Anna s'était mise à trembler. Elle se demandait si elle n'allait pas s'effondrer devant toute la classe. Mais elle ne tomba pas.

— Oui, Mme Schmidt, répéta-t-elle, priant le ciel pour que sa réponse fut correcte.

— Encore une fois, lança l'institutrice.

— Oui, Mme Schmidt.

— Et maintenant, peux-tu nommer cette lettre?

Anna ne pouvait pas. Elle essaya désespérément de

deviner, mais en vain.

— Oh, retourne à ta place! lâcha enfin l'institutrice.

Elle regarda Anna regagner cahin-caha son pupitre. Puis elle ajouta d'un ton railleur :

— Il paraît que ton père est professeur d'anglais dans un collège privé. Il pourra peut-être t'apprendre quelque chose!

Toute la classe se mit à rire. Les élèves se sentaient peut-être obligés de le faire, mais cette idée n'effleura pas Anna. Jamais elle n'oublia ce rire.

Cela s'était passé plus d'un an auparavant. Et Anna ne savait toujours pas lire. Papa avait bien essayé de l'aider, mais il enseignait à des garçons de niveau secondaire. Il ne comprenait pas pourquoi Anna avait tant de problèmes avec l'alphabet. Mais si elle n'avait toujours pas appris à lire, elle savait en revanche garder la tête haute. Elle ne tremblait plus. Elle restait debout, raide comme un piquet, répondait d'une voix claire, et haïssait Mme Schmidt de tout son cœur.

Et elle haïssait tout autant la lecture. Elle se moquait pas mal de ne pas savoir lire. Elle ne *voulait* pas apprendre. Pourquoi l'aurait-elle fait? Papa lui lisait des histoires, et il l'aimait, qu'elle sache lire ou non. Elle n'apprendrait jamais à lire et ne deviendrait jamais l'amie de ceux qui avaient ri d'elle.

Mais au fond de son cœur, elle était blessée que Gerda soit partie sans même lui dire au revoir. Elle avait eu mal de voir Gerda enfermée dans sa solitude et sa peur. Et pas une fois elle n'avait participé aux racontars cruels sur ce qui avait pu arriver à M. Hoffman.

— Johann Mitter m'a raconté qu'il était parti avec une actrice.

C'était là une des rumeurs.

Cette fois, Anna ne put s'empêcher de réagir.

— C'est faux, lança-t-elle.

Les autres la bombardèrent de questions, remarquant pour une fois sa présence.

— Qu'est-ce que tu en sais?

— Où est-il, alors?

— Qui te l'a dit?

Anna les défiait du regard, en silence. Elle n'avait aucune preuve. Elle savait, c'est tout. Jamais le père de Gerda n'aurait fait une chose pareille.

— Oh, elle ne sait rien du tout, lâcha Olga Müller avec mépris. Comme d'habitude, ajouta-t-elle.

Tous se détournèrent d'un air dégoûté. Mais Anna était sûre d'avoir raison. Il avait dû se passer quelque chose de terrible pour que M. Hoffman ne rentre pas chez lui. Et cela avait un rapport avec les années noires dont avait parlé Papa.

— Anna, tu ne peux pas te permettre de rester ici à rêvasser, jappa Mme Schmidt. Pas si tu veux terminer ton primaire.

— Oui, Mme Schmidt, dit Anna automatiquement.

Elle ouvrit le livre qu'elle ne pouvait pas lire, et se prépara à affronter une autre journée d'école.

Une semaine plus tard, elle fut réveillée en pleine nuit par les cris de Maman.

— … quitter l'Allemagne? Voyons Ernst! Comment *pourrions*-nous?

Papa marmonna une réponse. Anna secoua la tête, encore tout embrumée de sommeil, et prêta l'oreille.

— Mais c'est *chez nous!*

Anna n'avait jamais entendu Maman parler avec autant d'émotion.

— Nous avons passé toute notre vie ici, Ernst. Je suis née à trois coins de rue d'ici. Nos amis sont ici. Et as-tu pensé à ta sœur?

Papa répondit quelque chose, mais Anna avait beau tendre l'oreille, elle ne saisissait que des mots ou des bribes de phrases.

— … faut être courageux… pense aux Hoffman… tu ne comprends pas?…

Il ajouta quelque chose à propos du mois de juin. Anna se rappela sa colère à propos d'une nouvelle loi. Cela concernait les juifs, qui ne pouvaient plus travailler pour le gouvernement… C'était vague dans sa mémoire, mais elle revoyait son père arpenter la pièce de long en large, les yeux brillants de fureur. Elle ignorait qu'il pût se mettre dans une telle colère.

Maman ne désarmait pas.

— Mais où irions-nous? Tu ne réfléchis pas, Ernst. Et l'école? Ton Anna chérie qui n'arrive déjà à rien!

L'enfant sourit dans le noir. Qu'importe qu'elle ne réussisse pas! Même Maman savait qu'elle était l'Anna chérie de son père.

— Que va-t-il lui arriver si on l'arrache de son milieu? Et Rudi qui sera probablement chef de classe au prochain trimestre! De toute façon, nous n'avons pas assez d'argent.

La voix de Papa finit par traverser la cloison.

— Je sais tout ça aussi bien que toi, Clara. Mais j'en sais bien plus encore. Ne comprends-tu pas que si je n'enseignais pas dans une école privée, il y a longtemps que je serais au chômage? Combien de temps encore le nouveau régime va-t-il laisser le personnel des écoles privées en paix? Souviens-toi que le mari de Tania est juif.

— Et qu'est-ce que le mari de ta sœur a à voir avec nous?

Maman avait beau s'emporter, on voyait bien qu'elle était désorientée.

— Oh, Clara, réfléchis. Pense aux Hoffman. Je n'ose même pas imaginer ce qui est arrivé... Pense à Nathan Jakobsohn. Pense aux Wechler. Et j'ai appris aujourd'hui qu'Aaron Singer avait été congédié.

— C'est impossible, Ernst! C'est lui qui a fait la renommée de la compagnie.

— Tout le monde le sait. Mais il a été congédié quand même. Sans explications. Il cherche un moyen de quitter l'Allemagne. J'ai bien peur que bientôt, ce soit plus difficile de s'en aller. Ce ne sont pas seulement les juifs qui sont en danger, Clara. Il suffit de ne pas être d'accord, de parler un peu trop fort...

Il y eut un silence tendu. Anna rongeait son poing.

— Mais ton frère Karl est ton seul parent qui ne soit pas en Allemagne, et il vit au Canada! gémit Maman.

Anna savait que pour Maman, le Canada était un pays lointain et étranger. Maman ne manifestait aucun intérêt pour ce qui était étranger.

Papa bâilla soudainement, si fort qu'Anna entendit sa mâchoire craquer.

— Ça suffit! Je suis épuisé, Clara. Mais il faut réfléchir. Si quoi que ce soit arrive, nous devons être prêts. Je voudrais tant me tromper sur toute la ligne.

— Je suis sûre que tu te trompes, répondit Maman.

Anna l'entendit se retourner. Le lit grinça.

— J'ai fait une promesse à Anna que je dois respecter, ajouta-t-il si doucement qu'Anna l'entendit à peine.

— Que lui as-tu promis? Que tu allais nous emmener loin de chez nous?

— Non, ce n'est pas ça, répondit Papa d'un ton las.

Anna avait collé son oreille contre le mur, et elle pouvait l'entendre même quand il baissait la voix.

— Je lui ai dit qu'elle grandirait dans un pays où existe la liberté de pensée, expliqua-t-il.

Lui avait-il promis une chose pareille? Oh oui. La

chanson que n'aimait pas M. Keppler. Mais Maman explosa de plus belle :

— Alors il faut qu'on change toute notre vie pour ton Anna! Mais c'est celle qui a le plus besoin qu'on reste ici! Elle ne fait que commencer à apprendre. Mme Schmidt dit qu'elle est têtue… Mais quoi qu'il en soit, on ne peut pas l'obliger à recommencer à zéro dans un autre pays. C'est la pire chose qui pourrait lui arriver!

Anna frémit. Cette fois, Maman avait raison. Mme Schmidt était terrible, mais un étranger…! *S'il te plaît, Papa,* implora-t-elle silencieusement, *laisse-nous rester ici.*

Puis, aussi incroyable que cela puisse paraître, Maman se mit à rire, son rire de tous les jours, moqueur et réconfortant :

— Ernst, tu oublies à quel point nous sommes des gens sans importance, dit-elle, balayant du revers tout ce qu'ils venaient de dire. Que peut-il bien nous arriver? Peut-être que Mme Hoffman rendait la vie impossible à son mari. Ou que le Dr Singer est trop présomptueux, ou alors trop vieux. Mais nous, nous ne sommes rien. Oh, j'ai les pieds glacés. Réchauffe-les avec les tiens.

— Clara, Clara, maugréa Papa, mais le rire perçait dans sa voix. Tu es vraiment impossible.

Leurs voix s'éteignirent en un murmure. Anna se glissa dans son lit, ne sachant si elle devait s'inquiéter ou non. Elle finit par se rendormir.

Elle s'éveilla avant le matin. Aucun son ne parvenait

de la chambre de ses parents. Durant un instant, la peur l'envahit à nouveau. Elle se mit à penser aux pieds froids de Maman et sourit en se pelotonnant dans la chaleur de ses couvertures.

Maman ne laissera jamais Papa faire quelque chose de terrible, pensa-t-elle.

Au petit déjeuner, tout se passa comme à l'habitude. Anna en fut soulagée, mais un peu déçue aussi. Au souper, Papa leur annonça quelque chose. Quelque chose qu'Anna n'aurait jamais prévu. Mais qui n'en était pas moins épouvantable :

— Cette famille va devoir apprendre l'anglais, déclara-t-il.

Tous le regardèrent, interloqués. Il leur sourit, mais il y avait dans son sourire quelque chose qui ne plut à personne.

— Nous allons commencer tout de suite, ajouta-t-il, confirmant leurs pires craintes. À partir de maintenant, chaque soir, nous ne parlerons que l'anglais durant le souper. Vous avez tous étudié un peu d'anglais à l'école, sauf Anna. Vous ne partirez donc pas de zéro.

— Je ne connais pas un mot d'anglais, dit Maman, dont les traits se durcirent.

— Tu apprendras, Clara, répondit tranquillement Papa. Nous commençons tout de suite. Écoute attentivement. Rudi, *will you pass me the salt, please?**

---

* Me passerais-tu le sel, s'il te plaît?

Pour Anna, les mots anglais n'étaient que du charabia. Rudi regarda le poivre, le sel, la moutarde. Il promena une main hésitante, la garda suspendue, puis l'abaissa timidement. La chance lui souriait. Il tendit la salière à son père.

— *Thank you, son.*[*]

L'expression inquiète de Rudi s'évanouit instantanément. Il jeta un regard à la ronde pour être bien sûr que sa performance n'était pas passée inaperçue. Chacun afficha l'air admiratif qui convenait.

Et ça ne faisait que commencer :

— *How was school today,* Gretchen?[**] demanda Papa.

En d'autres circonstances, ils auraient ri de voir Gretchen perdre ainsi contenance.

— *How... how... I know not*[***], bégaya-t-elle.

— *It was good, Papa*[****], intervint brillamment Rudi.

Mais Gretchen avait retrouvé ses esprits. Elle jeta un regard noir à son frère.

— *School was fine*[*****], Papa, dit-elle.

Lequel des deux avait bien répondu? Mal répondu? Anna n'en avait pas la moindre idée. Quel dommage de ne pas savoir si Rudi avait déjà fait une faute! Et si c'était elle, la prochaine sur la liste?

C'est cent mille fois pire que l'alphabet, songea lugubrement Anna. Elle essaya de se ratatiner encore

[*]   Merci, mon fils.
[**] Comment a été ta journée à l'école, Gretchen?
[***] Comment... comment... je... pas savoir.
[****] Très bien, Papa.
[*****] L'école s'est bien passée.

davantage sur sa chaise pour que Papa ne la voie pas.

Pour lui, c'était facile, bien sûr. Il adorait l'anglais. Il était même allé étudier à un endroit appelé Cambridge. Anna avait vu des photos avec une rivière, de grands arbres penchés et des jeunes gens qui riaient devant l'objectif. Papa possédait une foule de livres anglais qu'il lisait pour son plaisir. Il recevait même des magazines anglais par la poste, et il enseignait cette langue toute la journée aux garçons du collège Saint-Sébastien.

Avec un peu de pratique, Rudi et Gretchen se débrouillèrent étonnamment bien. Mais ce n'était pas uniquement dû à leur intelligence, comme le prétendait Rudi. Il apprenait l'anglais à l'école depuis quatre ans, et Gretchen depuis trois ans. Les jumeaux n'avaient qu'une année à leur actif et ils faisaient des centaines de fautes. Maman et Anna étaient les seules à tout ignorer de cette langue.

Au début, elles firent l'école buissonnière en continuant à se parler allemand, malgré Papa. Pendant cette période s'installa entre elles une proximité qu'Anna n'avait pas connue depuis qu'elle était bébé. Elle savait que Maman l'avait alors tenue dans ses bras et lui avait chanté des berceuses. Il y avait des photos d'elle sur les genoux de Maman, qui lui souriait d'un air rayonnant. Anna adorait ces photos. Mais elle ne parvenait pas à se souvenir, ou seulement rarement, d'une époque où elle n'avait pas été un sujet de déception pour sa mère.

Cela avait commencé même avant qu'elle n'aille à l'école. Anna était incapable de courir sans trébucher sur la moindre irrégularité du trottoir. Elle ne savait pas sauter. Elle n'arrivait jamais à attraper une balle, sauf si on la lui envoyait en la faisant rouler sur le sol. Elle pouvait apprendre des poèmes. Papa adorait l'entendre réciter des poèmes. Mais Maman n'avait cure de la poésie. Elle voulait que sa fille sache au moins épousseter les meubles convenablement.

— Anna, regarde-moi cette poussière! criait-elle, alors qu'Anna pensait avoir terminé.

Anna cherchait la poussière, n'en voyait pas le moindre grain mais, honteuse, elle baissait la tête. Maintenant, c'était différent. Elles regardaient toutes les deux Frieda redoubler d'efforts pour prononcer *Thank you*.

— *Tank you*, Papa, disait-elle.

— La langue entre les dents, Frieda, comme ça. Regarde-moi. *Th... th...*

Même Rudi avait de la difficulté à prononcer les « th ».

Alors, juste à ce moment-là, Anna chuchotait à l'oreille de sa mère qu'elle voulait encore du lait. En allemand, bien sûr, et Maman de répondre *Ja, ja, Liebling* (oui, ma chérie) et de lui en verser. Papa fronçait les sourcils, mais Anna, sirotant son lait avec le sentiment d'avoir un statut privilégié, s'en souciait à peine, même si elle l'adorait.

— Ma petite Allemande, l'appelait tendrement Maman durant ces premières soirées. Et Anna se chauffait à ce sourire tant qu'il durait.

Mais elle savait que bien vite, Maman allait vouloir encore une fois lui apprendre à tricoter. Ou pire encore, à coudre! Gretchen et Frieda étaient si habiles. Mais Anna ne pouvait tout simplement pas voir ce dont parlait Maman. Pour commencer, elle ne comprenait pas comment Maman enfilait le fil dans l'aiguille. Quand Anna regardait la fine aiguille dans sa main, elle n'y voyait pas le moindre trou.

Plus d'une fois elle avait été près de le dire à Maman. Mais à chaque fois, Maman avait immédiatement glissé le fil dans le chas de l'aiguille et regardé sa benjamine d'un air si exaspéré que celle-ci avait renoncé à expliquer quoi que ce soit.

L'aiguille de Maman avait toujours un trou. Peut-être qu'en rapprochant le tissu...

— Pas comme ça, mon enfant, disait Maman, tu vas t'abîmer les yeux. Tiens-le sur tes genoux.

Encore une fois, Maman avait l'air si sûre d'elle. Anna réessayait, sans résultat. Bientôt, sa mère et ses sœurs s'habituèrent à sa maladresse sans renoncer pour autant à vouloir la faire progresser.

— Passe-moi ça, Anna, soupirait Gretchen en lui prenant la manique. Comment peux-tu faire des points aussi gros et aussi de travers?

— Donne, Anna. Je vais arranger ça. Vraiment, tu me dépasses! Je tricotais des chaussettes pour mes frères quand j'avais sept ans.

C'était Maman. Anna se sentait alors envahie par une vague de tristesse. Elle serrait les lèvres et empêchait ses mains de trembler. C'était comme à l'école avec cet alphabet. Mais elle s'en moquait. Elle était la chouchoute de Papa, faute d'être celle de Maman, tout le monde le savait. Comme tout le monde savait que Maman préférait Rudi, même si elle s'en défendait.

Mais à présent, et au moins pour le temps que ça durerait, elle était la petite Allemande de Maman. Oh bien sûr, Maman fronçait encore les sourcils et hochait souvent la tête, mais elle chantait ses chansons en allemand avec elle et toutes deux faisaient comme s'il n'existait rien qui pût ressembler à des années noires.

Anna s'efforçait de ne pas penser à Gerda, de ne pas se demander où elle pouvait être et si son père avait réussi à les retrouver.

Jamais plus elle ne s'éveilla pour entendre ses parents se quereller.

Ce fut un bel hiver, suivi d'un merveilleux printemps. Elle tint pour acquis que l'orage était passé et que Papa finirait bien par oublier ses leçons d'anglais.

Puis, un beau matin du début de juin 1934, arriva une lettre du Canada; ce n'était pas l'oncle Karl mais son avocat qui écrivait.

Et du jour au lendemain, l'univers d'Anna, cet univers parfois joyeux, souvent triste mais qui lui était si familier, bascula du tout au tout.

3
Anna l'empotée

Ce matin-là, en allant prendre son petit déjeuner, Anna tomba sur Papa dans l'entrée.

— Qu'est-ce qui ne va pas, ma petite? demanda-t-il en voyant sa mine renfrognée.

Il n'y avait rien de nouveau ou de différent. Anna se trouvait laide, tout simplement. Elle se trouvait toujours laide quand Maman venait de lui faire ses deux petites nattes raides. Durant cette opération, elle devait s'asseoir face au miroir de sa mère. Impossible de ne pas se voir.

Les autres étaient tous si beaux. Gretchen et Rudi étaient grands et blonds comme Papa. Ils avaient les cheveux non seulement brillants, mais aussi dociles, les yeux d'un bleu franc, les joues roses. Pas trop roses non plus, mais mieux que ce teint incolore dont Anna était affligée. Fritz et Frieda étaient des répliques de Maman avec leurs boucles noires, leurs yeux bruns pétillants et leur visages malicieux.

Et puis il y avait Anna, avec son front bombé, ses cheveux fins et ternes, ses yeux d'un bleu tirant sur le gris, trop petits. Ses oreilles et son nez étaient convenables, mais sans rien de particulier. Et sa bouche était… « boudeuse », aurait dit Maman, ou « entêtée ». « Triste », aurait dit Papa. *Laide,* pensa Anna, maussade. Ses nattes terminées, elle sauta de la chaise pour filer dans l'entrée et tomber sur Papa.

Elle ne pouvait pas lui dire ce qui n'allait pas parce que déjà, ce n'était plus vrai; qui pouvait se sentir laid en présence de Papa? Il se pencha, attrapa une fleur dans le vase sur le guéridon et la planta derrière l'oreille de sa fille. Malgré l'eau qui lui dégoulinait dans le cou, Anna se mit à rire. Papa pouvait faire des choses folles, par moments. Tout en lui souriant, elle se hâta de replacer la fleur dans le vase, espérant que Maman ne s'apercevrait de rien.

— Est-ce que ça va mieux, entre toi et Mme Schmidt?

Le sourire d'Anna s'évanouit.

— Ça va, marmonna-t-elle.

Anna savait bien qu'il n'était pas dupe. Il avait parlé avec Mme Schmidt lors de la journée portes ouvertes. Mais les vacances approchaient à grands pas.

— Anna, mon Anna, me ferais-tu une faveur? demanda-t-il tout à coup.

Anna le regarda.

— Est-ce que ça a quelque chose à voir avec Mme Schmidt?

Il fit non de la tête, mais ses yeux pétillaient. Anna n'arrivait pas vraiment à le croire. Même les adultes les plus gentils peuvent vous jouer des tours.

— Rien à voir avec Mme Schmidt, je le jure!

Papa mit sa main sur son cœur et leva solennellement les yeux au ciel.

— Alors qu'est-ce que c'est? demanda Anna qui cherchait à gagner du temps.

— Promets d'abord et je te le dirai ensuite, répondit-il d'un ton enjôleur. Oh, Anna, tu ne fais donc pas confiance à ton Papa?

Anna ne lui faisait pas confiance, mais il était la personne qu'elle aimait le plus dans l'univers entier. Impossible de lui résister.

— Je promets, grogna-t-elle malgré elle. Dis-moi maintenant ce que c'est.

— Je veux que tu essaies d'apprendre l'anglais.

Anna se raidit aussitôt. Elle se sentait trahie. Mais il lui souriait à nouveau, comme si ce qu'il venait de lui demander n'avait rien de si terrible.

— Je ne crois pas que ce soit aussi difficile que tu l'imagines, lui dit-il gentiment. Rappelle-toi, tu es celle qui a appris tous les couplets de *Die Gedanken sind frei* en un après-midi seulement.

— Mais c'était en allemand! protesta Anna, sachant qu'elle avait promis mais espérant encore qu'il lui ait laissé une porte de sortie.

— Mais tu n'avais que cinq ans. Tu es plus grande maintenant, bien plus grande et bien plus intelligente... et je me trompe peut-être, mais j'ai l'impression que tu connais bien plus d'anglais que tu n'en laisses paraître.

Comment avait-il pu deviner? Anna sentit le rouge lui monter aux joues. Elle baissa vivement la tête pour ne plus croiser son regard amusé. C'était parfaitement vrai. Elle avait, depuis longtemps déjà, commencé à emmagasiner dans sa tête certains de ces mots étranges, même si elle n'avait jamais osé les prononcer à haute voix. Elle pourrait l'étonner, si elle le voulait. Allait-elle le faire?

— Ernst! Anna! Vous allez être en retard à l'école! lança Maman. Et il y a une lettre du Canada pour toi, Ernst. Ça a l'air important.

Ils se dirigèrent vers la cuisine. La lettre était posée à la place de Papa. Il l'ouvrit et se mit à lire. Il serra soudain ses doigts, froissant à moitié la page.

— Qu'est-ce que c'est? cria Maman en se précipitant vers lui.

Papa dut attendre un moment. Anna le vit avaler sa salive.

— Mon frère Karl est mort, annonça-t-il. Une crise cardiaque. Il m'a laissé tout ce qu'il possédait.

Tout le monde se mit à parler en même temps.

— Oh, papa, c'est terrible, s'exclama Gretchen qui se souvenait de l'oncle Karl.

Il était venu les voir en Allemagne quand elle était

petite, et avait séjourné chez eux.

— Allons-nous être riches, Papa? demanda Rudi.

— Riches… répéta Fritz, rêveur.

Mais il n'alla pas plus loin. Il y avait sur le visage de Papa une expression qui le fit taire.

— Pauvre Papa, s'interposa Frieda, en lançant un coup de coude à son frère.

Ce fut à ce moment précis que Papa annonça l'incroyable nouvelle. Il ne leur demandait pas leur avis. Il énonçait simplement un fait accompli, une décision sans appel.

— Non, Rudi, nous ne serons pas riches. Karl n'était qu'un petit épicier, et l'Allemagne n'est pas le seul pays qui ait souffert de la Dépression. Mais c'est notre seule chance. Nous allons partir au Canada.

— Au Canada?

Les exclamations fusaient. C'était la même réaction que celle de Maman, plusieurs mois auparavant. Le Canada n'était pas un endroit où habiter. C'était une leçon de géographie!

— Monsieur Menzies nous suggère de venir en septembre, ajouta Papa, sourd aux protestations.

— Qui est ce monsieur Menzies? En quel honneur se mêle-t-il de ce que nous devons faire? coupa Maman sur un ton strident comme un coup de sifflet.

— C'est l'avocat de Karl. J'avais écrit à Karl il y a quelque temps, pour lui demander s'il y avait des perspectives intéressantes pour nous au Canada. Il m'a offert de nous prendre en charge, mais je voulais être indépendant. Il m'a dit qu'il n'y avait pas de place là-bas pour un professeur d'anglais allemand. Alors je serai épicier. Je ne voulais pas de la charité de Karl, mais il semble qu'il me l'ait faite au bout du compte.

Papa se leva, la lettre à la main, et quitta la pièce à grands pas. Il avait les larmes aux yeux. Anna les vit. Elle resta figée sur place, incapable de bouger, incapable de penser. Mais Maman s'était levée brusquement pour suivre Papa. À la dernière seconde, elle vit l'heure qu'il était, sursauta et expédia dare-dare tout le monde à l'école, refusant de répondre à la moindre question.

— Allez! ALLEZ! cria-t-elle. N'aggravez pas les choses! Comme si ça ne suffisait pas, ce qui trotte dans la tête de votre père!

Tout à coup, elle aperçut Anna, qui n'avait toujours pas bougé. Elle lui lança un regard dur qui n'avait plus rien à voir avec celui qu'elle réservait à sa « petite Allemande ». Anna se recroquevilla sur sa chaise. Elle ne comprenait pas, jusqu'à ce que sa mère explose :

— L'Allemagne n'est pas assez bien pour toi, hein? Un pays où les gens peuvent penser librement! Ha! Oh non, ce n'est pas possible. Il ne peut pas vouloir une chose pareille.

Elle se retourna brusquement et les laissa partir sans l'habituel « Au revoir ». Et Anna, en fermant la porte derrière elle, pouvait encore l'entendre crier.

— Ernst, Ernst, je ne partirai pas. Je te dis que *je ne partirai pas!*

Anna s'arrêta. Elle entendit alors Papa répondre sans élever la voix, mais sur un ton glacial.

— Nous partirons, Clara. Que tu comprennes ou non, que tu le veuilles ou non, nous partirons. Il faut commencer les préparatifs.

À l'école ce jour-là, Anna n'entendit pas les remarques sarcastiques de Mme Schmidt. Elle ne prêta aucune attention à ce qu'ils chantèrent au rassemblement. Elle faillit se heurter à M. Keppler dans le hall sans s'en apercevoir.

Elle et toute sa famille s'en allaient vivre au Canada. Et elle avait promis qu'elle essaierait d'apprendre l'anglais. Est-ce que tout le monde parlait anglais au Canada?

Toutes ces questions sans réponses martelaient son cerveau au point de lui donner le vertige. Enfin, ce fut l'heure de rentrer à la maison. Mais ce n'était pas non plus l'endroit idéal. La maison n'était plus un refuge.

Quand Papa avait dit qu'ils partiraient, ce n'étaient pas des paroles en l'air. Rudi essaya de discuter, d'homme à homme. Papa l'écoutait.

— Alors tu vois, Papa, nous ne pouvons pas partir, conclut-il.

— Nous partons, Rudi, répondit son père en retournant à ses préparatifs.

Gretchen pleurait parce qu'elle ne voulait pas quitter son amie Maria.

— Je n'ai jamais eu une amie comme elle, Papa, sanglotait Gretchen, d'habitude si calme, si mûre pour son âge.

Papa la prit sur ses genoux même si elle était trop grande. Elle posa la tête sur son épaule et mouilla de ses larmes le col de sa chemise.

— Tu trouveras une autre amie, ma belle Gretel, lui promit Papa.

Gretchen se releva brusquement et s'enfuit pleurer dans sa chambre.

Papa acheta les billets. Ils prendraient le paquebot. Normalement, cela aurait dû être une aventure excitante. Ce l'était pour Fritz et Frieda. Ils se mirent à fanfaronner auprès de leurs amis. Mais Papa, dès qu'il en prit connaissance, mit un frein à ce petit jeu.

— Je ne veux pas que vous parliez de notre départ, déclara-t-il à toute la famille.

— Si tu nous disais de quoi il retourne, Papa, on saurait quoi dire, répondit Rudi. On nous pose des questions, tu sais. Même M. Keppler a commencé à m'en parler, ce matin, mais il n'a pas eu le temps d'entendre ma réponse. Il va revenir à la charge.

— Oh, pauvre Rudi! souffla Frieda.

Rudi releva la tête.

— Il ne me fait pas peur, affirma-t-il.

— Il devrait, dit Papa d'une voix basse.

Mais avant que les enfants aient pu lui demander ce

qu'il voulait dire par là, il donna ses consignes d'un ton si péremptoire que la discussion s'arrêta là.

— Vous pouvez dire que votre oncle est mort et qu'il nous a légué son entreprise au Canada. Racontez que nous avons tous décidé d'y aller. Inutile d'en dire plus. Je ne veux pas que vous en parliez plus qu'il est nécessaire. Si M. Keppler repose des questions, soyez prudents et n'oubliez pas : c'est important, ce que je vous dis là. Il n'est pas prudent d'en dire trop.

Papa avait l'air si sérieux. Les enfants savaient qu'il y avait bien des choses qu'il ne leur disait pas. Maman pensait qu'il avait tort, mais Rudi lui-même semblait convaincu. Papa avait l'air bien trop malheureux lui-même pour entreprendre une chose pareille sans raison valable. Il avait même essayé de convaincre sa sœur Tania et son mari de partir avec eux. Ceux-ci trouvaient que les Solden avaient raison de partir, mais eux-mêmes préféraient rester.

— Nous n'avons pas d'enfants, Ernst, avait dit l'oncle Tobie d'un ton grave. L'Allemagne est notre pays, le mien autant que le tien. Je ne l'abandonnerai pas maintenant.

— Bientôt, tu n'auras peut-être plus le choix, Tobie, avait répondu Papa, profondément troublé.

— Nous le savons, avait dit tante Tania. Mais si tous les gens sains d'esprit s'en vont, qui restera pour dire la vérité?

Papa était resté silencieux. Et c'est à ce moment-là qu'Anna s'était rendu compte que lui non plus ne voulait pas partir; il le faisait à cause de sa promesse, et parce qu'il les aimait tous : Rudi, Gretchen, les jumeaux, et même Maman, qui résistait et continuait à se battre contre lui.

Pauvre Papa!

L'anglais! Elle pourrait parler anglais pour lui. Ça lui remonterait peut-être le moral. Il y avait longtemps qu'elle voulait essayer, mais elle avait peur. Sa famille allait rire. Mais elle allait le faire quand même. Ce soir.

Le souper était presque prêt. Rudi était assis à la grande table ronde, sa tête blonde penchée sur le dictionnaire allemand-anglais. Il enseignait à ses frères et sœurs de nouveaux mots pendant qu'ils mettaient la table. Ceux-ci s'affairaient autour de lui, patiemment. Rudi trouvait toujours un moyen d'échapper aux corvées, et ils y étaient habitués. Maman gardait le silence, les lèvres pincées, mais tous les autres écoutaient, sachant pertinemment qu'ils allaient bientôt avoir besoin de connaître cette langue.

*Awful** avait été le dernier mot. Anna le répéta silencieusement, essayant de le graver dans sa mémoire. Rudi remonta la page.

— *Awkward.* Quel mot bizarre! observa-t-il. Ça veut dire maladroit, gauche.

Soudain – Anna ne comprit jamais pourquoi –, le plat de saucisses qu'elle allait poser sur la table choisit ce moment précis pour lui échapper des mains et s'écraser en mille morceaux, juste aux pieds de Rudi.

---

* Épouvantable

Ce dernier poussa un glapissement comme si on lui avait tiré dessus. Il vit que c'était Anna, et se sentit stupide. Reprenant aussitôt contenance, il se tourna vers elle :

— *Awkward*, dit-il tout haut. En voilà un qui sera facile à apprendre. Il suffira de penser à toi. *Awkward Anna!* Anna l'empotée!

Anna, qui à genoux s'affairait à ramasser les dégâts, ne leva pas la tête. Si personne n'ajoutait quoi que ce soit, il risquait d'en rester là. Mais Frieda, qui n'avait, elle, rien à craindre, n'était pas aussi prudente.

— Dis donc Rudi, tu n'as pas cassé une tasse la semaine dernière? cria-t-elle. Comment peux-tu être aussi méchant? Si tu oses encore l'appeler comme ça…

Mais Rudi pouvait oser n'importe quoi. Il détestait qu'on lui rappelle ses propres gaffes. Et ce n'était pas une gamine de onze ans qui allait lui dire quoi faire.

— Mais, Frieda, ça va nous aider à améliorer notre anglais, répondit-il d'une voix onctueuse.

Anna sentit un frisson la parcourir.

Rudi n'ajouta rien et se replongea dans le dictionnaire. Quand le souper fut prêt, il avait trouvé des adjectifs pour les trois autres.

Il y eut d'abord Frieda la froussarde. Frieda rejeta la tête avec mépris. Ensuite, Fritz le féroce. Celui-ci sourit quand il sut le sens de ce mot. Gretchen la glorieuse vint ensuite. (Rudi avait trouvé celui-là à la dernière minute parce que Maman venait d'annoncer que le souper était prêt et qu'il

était temps de se laver les mains et de se mettre à table.) Gretchen se contenta de rire.

Plus tard, cependant, elle entreprit ses propres recherches et l'apostropha, le lendemain matin au petit déjeuner :

— Encore un peu de chocolat, Rudi le rustre?

Même Rudi grimaça un sourire et les surnoms furent relégués aux oubliettes, sauf celui d'Anna. Elle savait bien pourquoi il lui collait à la peau. C'est Fritz qui l'exprima deux jours plus tard; elle venait de s'étaler par terre après avoir trébuché sur un tabouret.

— Voilà Anna l'empotée, lança-t-il.

Puis il rougit de honte.

— C'est que ça lui va si bien, s'excusa-t-il devant le regard de Papa.

Bien vite, tous adoptèrent ce surnom. Ils le disaient en secouant la tête. Ils pouvaient même le dire sur un ton affectueux. Mais ils le disaient. C'est Rudi qui l'utilisait le plus; il savait combien ça faisait mal. Seul Papa ne l'employait pas; lui aussi savait.

Anna ne faisait pas le poids devant Rudi; elle avait appris ça quand elle était encore toute petite.

Elle ne voulait plus étonner Papa avec ses connaissances en anglais. Cette langue était maintenant associée à cet affreux surnom qui la suivait partout : empotée. Comme elle haïssait ce mot! Et comme elle le trouvait approprié!

Malgré elle, elle continua à emmagasiner de nouveaux

mots au fil des semaines. Et puis soudain, Maman, au plus grand étonnement de tous, céda et se mit à parler la nouvelle langue avec les autres. Fini le statut privilégié dont jouissait Anna. Son silence, à présent, provoquait la colère de sa mère :

— Cesse de t'entêter, Anna, lui dit-elle un jour. Je suis vieille, mais j'apprends. On doit faire ce qu'on doit faire.

Les larmes montèrent aux yeux de Maman.

Anna tourna les talons. Maman ne comprendrait jamais. Et Anna ne se sentait pas coupable de faire pleurer sa mère. Celle-ci pleurait tous les jours à présent. Elle pleurait en emballant leurs affaires.

— Tu ne peux pas tout emporter, Clara, lui disait Papa, en lui demandant de donner la soupière à tante Tania.

Anna trouvait cela stupide. Pleurer pour une soupière! Elle était encore plus laide qu'elle, cette soupière, avec ses deux cupidons imbéciles qui tenaient l'anse, ses pieds recourbés, et son allure empotée…

Encore ce mot!

— Je l'ai depuis mon mariage, pleurait Maman, et tante Tania pleurait avec elle.

Mais Papa dut céder pour la pendule de cheminée qui sonnait tous les quarts d'heure. Elle avait appartenu à la mère de Maman, et Papa savait que la partie était perdue. Cette fois-là, Anna était contente. Elle adorait le carillon musical de cette pendule. Elle l'écoutait le soir, couchée dans son lit. Le son de cette pendule était même un de ses premiers souvenirs.

Arriva le dernier jour d'école.

— Alors, Anna, tu nous quittes?

Mme Schmidt ne semblait pas triste le moins du monde.

— J'espère que tu vas travailler fort pour ta nouvelle institutrice.

À son ton de voix, il était clair qu'elle en doutait. Anna se contenta de répondre :

— Oui, Mme Schmidt.

Mais tandis qu'elle traversait le préau en transportant toutes ses affaires, une autre voix l'interpella :

— Anna, cria Mme Braun en la rattrapant, tu ne vas quand même pas partir sans me dire au revoir!

Anna la regarda sans comprendre. Mme Braun enseignait la musique, et Anna aimait la musique. Mais elle n'aurait jamais pensé que la prof de musique ait pu la remarquer.

— Tu vas me manquer, lui dit gentiment Mme Braun. Tu as une très belle voix, tu sais, et quand tu chantes, on a l'impression que tu crois vraiment à ce que tu chantes.

— Je… Merci, balbutia Anna. Au revoir, Madame.

Pendant un bref instant, elle regretta de quitter cette école.

Et puis arriva le moment tant appréhendé. Ils partaient le lendemain, loin de chez eux, dans un pays où les gens parlaient l'anglais.

Anna avait fait le vœu de ne jamais, jamais parler une autre langue que l'allemand, quoi qu'elle ait pu promettre à Papa. Mais comment allait-elle pouvoir respecter ce vœu au Canada?

Tout était emballé. Ils durent prendre leur dernier repas à Francfort, assis sur des caisses.

— On se sent seuls, ici, chuchota Frieda, les yeux tout ronds.

Papa éclata de rire. Comme s'il avait eu peur de rire pendant des mois, et que cette peur s'était volatilisée soudain. Il savait maintenant où il les emmenait, et c'était l'endroit qui convenait, un endroit sûr.

— Ne nous laissons pas abattre, les encouragea-t-il. On peut compter les uns sur les autres. Nous pouvons repartir à zéro ensemble, nous, les Solden. Nous avons simplement besoin d'un peu de courage. Quelle est la chanson qui vous encourage le plus?

Ce fut Gretchen qui répondit, pas Anna.

— *Die Gedanken sind frei*, Papa, cria-t-elle.

Anna se sentit toute ragaillardie tandis que leurs voix chassaient les ombres et emplissaient la maison vide de leur son joyeux.

Die Gedanken sind frei,
Libres comme l'air sont mes pensées.
Elles sont ma force, ma liberté
Nul savant ne peut les classer

Et nul chasseur les piéger
Personne ne peut m'en priver
Die Gedanken sind frei.

Tout à coup, la voix d'Anna vacilla, se cassa. Personne d'autre ne l'avait remarqué, mais Maman s'était remise à pleurer. Ses joues ruisselaient de larmes. Tandis que les autres entonnaient le second couplet jusqu'au final triomphant, Anna se sentit à nouveau isolée, en proie à la peur. Puis elle vit son père qui souriait à sa mère. Elle se tourna à nouveau vers Maman; les larmes étaient toujours là, mais Maman chantait, aussi courageusement que les autres.

4
Papa se trompe!

Le premier jour en mer, tout le monde fut malade sauf Anna. Papa, tout pâle, incapable d'avaler quoi que ce soit, réussit malgré tout à rester sur ses pieds et à accompagner sa benjamine dans la grande salle à manger. Les autres, y compris Rudi, gisaient sur leur couchette en gémissant à fendre l'âme.

Anna ne parvenait pas à comprendre. Elle se sentait bien, plus que bien, même. Merveilleusement bien! Elle s'amusait à garder l'équilibre tandis que le plancher tanguait sous ses pieds. Elle qui, sur la terre ferme, ne cessait de trébucher et de tomber, voilà qu'elle se laissait porter par le roulis du navire, changeant de jambe d'appui au gré de son rythme. Nul besoin de s'accrocher à quelque chose pour garder l'équilibre. Elle restait debout bien campée sur ses deux pieds, mieux que tout le monde et même que Papa. Dommage que les autres aient été trop malades pour s'en apercevoir!

Elle adorait aussi le formidable ronronnement des machines et toutes ces sensations nouvelles. Était-elle devenue une nouvelle Anna? Dans la salle à manger, le nez dans un gigantesque menu qu'elle était incapable de déchiffrer, elle commandait son repas, assise comme une reine, et se sentait forte et différente en dépit de ce stupide menu.

— Mange quelque chose avec moi, Papa, fit-elle d'un ton câlin.

Papa sourit de la voir si heureuse, mais il secoua la tête rien qu'à entendre parler de nourriture. Anna avalait rapidement, devinant que si elle restait trop longtemps devant son rôti de bœuf, Papa risquait lui aussi de lui fausser compagnie. Quelle occasion ratée! Pour une fois qu'ils pouvaient être ensemble tous les deux. Et le voilà qui fermait les yeux à présent!

Elle eut une idée. Elle n'avait pas encore commencé à parler anglais. Le Canada se rapprochait chaque jour davantage, et elle savait qu'elle ne pourrait plus se défiler bien longtemps. Pourquoi ne pas essayer maintenant? C'était le moment idéal, il n'y avait que Papa. Il allait l'écouter, il serait ravi, et il ne rirait pas si elle faisait une faute.

Elle cherchait furieusement quoi dire en anglais. Pourquoi ne pas demander quand ils allaient arriver au Canada?

Non. Il saurait qu'elle connaissait déjà la réponse. Il

fallait trouver autre chose, quelque chose de plus intelligent.

— As-tu terminé, Anna? demanda son père, la voyant le regard perdu dans le vague. Je veux aller voir comment va ta mère, ajouta-t-il en reculant sa chaise.

Anna savait parfaitement comment allait sa mère. Roulée en boule, refusant qu'on lui adresse la parole. Quand Maman avait la migraine à la maison, c'est Gretchen qui s'occupait d'elle d'habitude, apportant un verre d'eau, retournant l'oreiller, baissant le rideau. Mais aujourd'hui, Gretchen aussi était malade. Anna, soudain consciente de son rôle mais encore intimidée, avait demandé d'une petite voix :

— Maman, veux-tu un verre d'eau?

Maman n'avait même pas tourné la tête vers elle.

— Non, laisse-moi tranquille, avait-elle marmonné. Et s'il te plaît, parle en anglais, Anna, avait-elle ajouté.

Papa attendait qu'Anna se lève.

— Anna, as-tu entendu? demanda-t-il voyant qu'elle ne bougeait pas.

Le sentiment d'excitation qui avait envahi sa fille reflua soudain, se fermant comme une fleur à la tombée de la nuit. Anna recula sa chaise et se mit debout.

— J'ai terminé, répondit-elle sèchement en allemand.

— Pour eux, ce n'est pas drôle d'être malades, dit-il en ouvrant la voie dans le dédale des tables.

Il parlait en anglais. Il était rare que Papa dise quoi que ce soit en allemand à présent.

Il doit savoir que je comprends, pensait Anna en lui emboîtant le pas dans la coursive.

Et pourtant, il lui avait demandé, des semaines auparavant, d'essayer de parler anglais. Et elle lui avait promis de le faire. D'aussi loin qu'elle se souvînt, jamais elle n'avait promis quelque chose à Papa sans tenir parole. Pourquoi ne disait-il rien? Pourquoi ne lui rappelait-il pas sa promesse? Même si c'était pour la gronder?

Il sait que je m'en souviens, pensait Anna. *Mais il sait aussi que j'ai peur.*

Oser prononcer les premières paroles à haute voix, voilà ce qui lui semblait au-dessus de ses forces. Elle avait bien essayé, mais à chaque fois, les mots lui restaient en travers de la gorge. Elle était sûre que si elle se mettait à parler, elle allait s'emmêler dans ses phrases et aurait l'air ridicule. Maman faisait tout le temps d'horribles fautes. Les autres s'efforçaient de ne pas rire, mais n'y parvenaient pas toujours. Rudi se montrerait sans pitié quand viendrait le tour d'Anna.

Alors elle construisait des phrases en anglais dans sa tête, et même les chuchotait tout bas quand elle était seule. Mais dès que quelqu'un pouvait l'entendre, elle ne parlait qu'allemand.

Le lendemain matin, le soleil brillait, la mer était calme et les Solden se portaient mieux. Après le petit déjeuner, les cinq enfants partirent explorer le navire. Papa fronça les sourcils en les voyant détaler. Il n'aimait pas voir Anna traîner derrière, comme si elle ne faisait pas partie du groupe. Est-ce que les plus vieux la traitaient mal?

Il s'étendit sur une chaise longue et ouvrit un livre. Clara, allongée à côté de lui, s'était déjà presque endormie au soleil.

Elle commence enfin à aller mieux, pensa-t-il avec soulagement. *Les choses seront plus faciles pour Anna.*

— Qu'est-ce qui te tracasse, Ernst? demanda Clara paresseusement.

— Rien, fit-il.

Puis, malgré lui, il ajouta :

— C'est simplement Anna. On dirait que les autres ne veulent pas d'elle.

Clara Solden ouvrit aussitôt les yeux.

— Et pourquoi en voudraient-ils? Elle est si susceptible. Elle ne fait aucun effort pour se mettre au diapason. Mon Dieu, est-ce qu'elle peut m'entendre?

La mine inquiète, elle se redressa sur le coude pour jeter un regard à la ronde.

— Non, non. Ils sont partis, la rassura son mari.

Il sourit tandis qu'elle se rallongeait et refermait les yeux. Mais une minute plus tard, il posa son livre et se leva.

— Où vas-tu à présent? demanda sa femme tandis qu'il s'éloignait.

— Simplement voir s'ils ne font pas de bêtises, répondit Papa en accélérant le pas. On ne sait jamais avec Fritz.

Anna, qui suivait les autres, ne se sentait pas

malheureuse pour autant. Du moins pas encore. La journée était trop splendide. Devant un ciel si bleu et si grand, elle avait envie de chanter. Et tout était encore si nouveau. Peut-être avait-elle une chance de ne plus jamais être Anna l'empotée.

Les jumeaux avaient découvert une série de rambardes en métal, et une seconde plus tard, les quatre aînés mesuraient leur agilité comme des acrobates de cirque. Ils se suspendaient par les mains puis par les genoux, faisaient l'estrapade en tournant sur eux-mêmes avec aisance. Suspendus par les mains, les pieds ne touchant pas le sol, ils avançaient le long de la rampe par la seule force de leurs bras. Fritz grimpa en haut d'un poteau et resta perché, enroulé comme un bretzel.

— Essaie-donc ça, Rudi! cria-t-il du haut des airs.

Anna, immobile, les regardait. Elle admirait trop leurs prouesses pour s'apitoyer sur son propre sort. Elle était de la même famille que ces créatures téméraires et agiles qui se balançaient, riaient et grimpaient sous ce soleil éclatant, même si elle n'était pas comme eux.

Derrière elle retentit soudain la voix de Papa.

— Pourquoi ne joues-tu pas avec eux, Anna?

Elle sursauta et faillit perdre l'équilibre. Elle se tourna vers lui, incapable de répondre. Elle ne pouvait pas l'expliquer. Et expliquer quoi? Qu'elle était trop stupide? Qu'elle allait tomber? Qu'elle ne savait pas faire ces acrobaties?

Il attendait une réponse. La joie de cette matinée lumineuse s'évanouit.

C'est Gretchen qui la sauva; toute rouge de s'être suspendue la tête en bas, elle accourut pour voir ce que voulait Papa.

— Pourquoi ne la laissez-vous pas jouer avec vous? demanda Papa avant que Gretchen ait pu ouvrir la bouche.

La question était injuste. Gretchen jeta un regard à sa jeune sœur, petite et courtaude. C'était à Anna de parler, de dire que de toute façon, elle n'aurait *pas voulu* jouer avec eux. Non pas qu'ils lui aient demandé cette fois, mais eux non plus ne s'étaient pas consultés avant de se mettre à jouer.

Anna resta muette. Elle avait tourné légèrement la tête.

— Personne ne l'en empêche, Papa, commença Gretchen. Vraiment, je te jure, je ne crois pas qu'elle veuille jouer. Elle est vraiment nulle dans ce genre de chose. Elle est trop grosse... ou peut-être trop jeune.

Gretchen s'interrompit. Anna était loin d'être aussi grande que Frieda, mais c'est vrai qu'elle était peut-être un peu trop ronde. Combien de fois ils l'avaient vue tomber! Elle atterrissait lourdement sur le sol et se relevait avec une telle maladresse qu'elle en reperdait souvent l'équilibre.

En désespoir de cause, Gretchen avait renoncé à s'expliquer. Fritz s'approcha d'eux pendant un court instant, assez pour comprendre de quoi il retournait et donner immédiatement son opinion :

— Si Anna s'exerçait, comme moi et Frieda, elle ferait des progrès. Mais elle ne le fait pas. C'est de sa faute si elle est si empotée.

Il s'éloigna à toute allure avant que Papa ait pu réagir. Gretchen aussi voulait s'en aller – Anna le savait –, mais elle attendit.

— N'oublie pas qu'Anna est la plus jeune et que tu dois l'aider, Gretel, sermonna Papa.

Gretchen devint encore plus rouge.

— Mais nous *avons* essayé! explosa-t-elle. Elle ne veut pas jouer avec nous. C'est vrai, elle ne veut pas.

Papa prit enfin conscience du silence d'Anna. Qu'était-il en train de lui faire? Sans un regard pour Gretchen, il se tourna vers sa petite fille pour lui demander gentiment :

— Anna, que dirais-tu de faire une promenade avec ton Papa?

Anna ne voulait pas de pitié, pas même la sienne.

— J'ai quelque chose d'autre à faire, mentit-elle, évitant de regarder son père et sa sœur.

Elle s'éloigna, le dos raide et la tête haute. Elle arriva près d'un canot de sauvetage, qu'elle contourna d'un pas rapide. Une fois hors de vue, elle resta immobile, ne sachant où aller, ne sachant que faire excepté souffrir. Elle s'aperçut alors qu'elle pouvait encore les entendre.

— Oh, Papa, gémissait Gretchen, comment se fait-il qu'Anna nous donne l'impression d'avoir été méchants, même quand on sait qu'on n'a pas mal agi avec elle?

Anna se raidit, prête à encaisser de nouveaux coups.

— Je sais bien que ce n'est pas toujours facile, commença Papa avec lenteur, en pesant ses mots. Mais vois-tu, Gretchen, il y a quelque chose de particulier chez Anna. Un jour, tu verras que j'ai raison. Il y a beaucoup d'amour chez elle, mais elle le garde en dedans.

— Oui, Papa, répondit Gretchen d'une voix éteinte.

Mais Anna avait oublié sa grande sœur. De l'autre côté du canot, elle était entrée dans un autre univers, transportée par les paroles de son père. Avait-elle bien entendu?

Quelque chose de particulier!

Elle n'était pas certaine d'avoir bien compris le reste, mais ces mots-là, elle était sûre d'avoir entendu Papa les prononcer. Il n'avait pas dit qu'elle était différente. Elle détestait être différente. Particulière, c'était autre chose. Cela voulait dire merveilleuse, n'est-ce pas? Mieux que les autres.

Lentement, Anna descendit jusqu'au pont, jonglant avec ce mot magique. Il brillait. Il chantait dans sa tête. Il avait rendu toute sa lumière à la journée. Mais était-ce vrai? Elle s'immobilisa à nouveau, plongée dans ses réflexions. Elle savait qu'elle n'avait pas l'air de quelqu'un de particulier. Elle était trop grosse et pas du tout jolie. Et toutes ces choses qu'elle ne savait pas faire : coudre, tricoter, épousseter pour satisfaire aux désirs de Maman, jouer à des jeux, et même déchiffrer des livres faciles à lire.

Elle savait chanter juste. Elle avait même une belle

voix. Mme Braun l'avait dit. Mais tous les autres chantaient aussi bien qu'elle. Et pourtant, Papa avait dit qu'elle avait quelque chose de particulier.

Soudain, juste au-dessus d'elle, elle aperçut une rambarde de métal identique à celle que ses frères et sœurs avaient prise d'assaut. Elle n'aurait jamais pu essayer avant, en présence des autres. Mais à présent, stimulée par les paroles de Papa qui résonnaient encore dans son cœur, par cette impression de nouveauté que suscitait chez elle le fait d'être à bord d'un paquebot, sans personne pour la voir ni se moquer d'elle, peut-être allait-elle y arriver. Et elle pourrait ensuite retourner auprès d'eux et leur montrer. Sans dire un mot. Elle irait simplement se suspendre à la barre et faire la roue comme si elle n'avait fait que ça toute sa vie.

Peut-être.

Anna Solden se dirigea d'un pas décidé vers la rampe de métal. Elle l'empoigna fermement, les paumes déjà moites de tension. Jouant des pieds pour se donner un élan, elle essaya de tourner au-dessus de la barre comme le faisaient ses frères et sœurs. Un de ses pieds quitta le sol, et elle sentit qu'elle glissait.

— Je peux le faire. Je *peux* le faire! grogna-t-elle désespérément.

Mais quelque chose clochait dans sa façon de tenir la barre. Il devait y avoir un truc. Ses mains relâchèrent leur prise et elle atterrit sur le dur plancher du pont, les quatre fers en l'air.

Elle resta étendue une minute, se demandant si elle allait réessayer. Mais elle ne parvenait pas à savoir quelle erreur elle avait bien pu commettre la première fois. Elle se releva d'un bond et remit de l'ordre dans sa robe.

Puis elle se mit à courir, à courir éperdument. Elle se cogna contre un pilier, se fit un bleu au menton en allant percuter une pile de chaises, mais rien ne l'arrêta. Elle atteignit enfin un endroit complètement désert. Pas même un étranger au loin. À bout de souffle, elle s'appuya contre une paroi.

Le soleil était toujours aussi brillant, le ciel toujours aussi immense et aussi bleu. Mais la joie d'Anna s'était éteinte.

— Il se trompe, cria-t-elle à un goéland qui survolait le pont. Papa se trompe. Je ne suis pas celle qu'il croit.

Il y avait du désespoir dans sa voix, mais le goéland n'y prêta aucune attention, et il n'y avait personne dans les parages pour l'entendre… même si Anna, sans s'en rendre compte, venait de prononcer ses premiers mots d'anglais à haute voix.

5

Anna trouve un ami

Les Solden, tout juste débarqués du train, regardaient autour d'eux d'un air las. Il n'y avait que des étrangers. Personne ne vint à leur rencontre pour leur annoncer qu'il était bien M. Menzies, l'avocat de l'oncle Karl.

— Monsieur Menzies a dit qu'il nous attendrait ici, déclara Papa.

— Menzies, marmonna Clara. Ce n'est pas un nom allemand, ça.

— Clara, nous sommes au Canada, rétorqua Papa d'un ton acerbe qui fit sursauter les enfants, épuisés.

Papa n'avait pas l'habitude de parler sèchement.

— Il ne doit pas être loin, ajouta-t-il après un moment de silence tendu.

Les Solden formaient un groupe compact près des barrières dans la salle d'attente de la gare Union de Toronto. Après avoir débarqué à Halifax, ils avaient fait le reste du voyage en train. Ils n'avaient pas eu les moyens de s'offrir des couchettes. Anna était restée assise trente-six heures, s'appuyant contre Papa chaque fois qu'elle s'endormait, et elle ne tenait debout qu'à grand-peine. Si seulement elle pouvait s'allonger quelque part!

— Il sera là dans une minute, reprit Papa qui inspectait anxieusement les visages alentour.

Anna avait laissé ses paupières alourdies de sommeil se refermer une seconde. Elle les ouvrit brusquement, abasourdie. Papa venait de parler en allemand! Il devait être drôlement inquiet.

Anna ne prit pas le temps de se demander si elle avait raison. Elle accourut à son secours à sa manière habituelle, la seule qu'elle connaissait : en se frottant contre lui comme une petite chèvre sauvage, pour lui rappeler qu'elle était à ses côtés.

— Fais donc attention, Anna, gronda Maman. Si tu es trop fatiguée pour tenir debout, assieds-toi sur la grosse valise.

Mais Papa se pencha vers le petit visage inquiet de sa fille, le sourire aux lèvres.

— Il est grand et il a les cheveux roux, lui confia-t-il d'un ton tranquille.

Anna tourna la tête mais avant d'avoir pu apercevoir autre chose qu'une forêt de jambes qui se déplaçaient lourdement sous le poids des valises, M. Menzies était là.

— Ernst Solden?

— Oui, c'est moi. Vous êtes M. Menzies?

Les deux hommes se serrèrent la main. Monsieur

Menzies était grand, mais il avait les cheveux plus gris que roux.

— Mon épouse, Clara, annonça Papa, faisant les présentations. Notre fils aîné, Rudolf… Gretchen… Fritz et Elfrieda, nos jumeaux… et voici Anna.

Anna cligna des yeux, surprise de l'entendre appeler Rudi et Frieda par leurs vrais noms. Monsieur Menzies sourit poliment.

— Vous ressemblez vraiment à votre père, dit-il aux deux aînés. Et les jumeaux tiennent de vous, *Mrs* Solden.

Anna sursauta de nouveau. Jamais elle n'avait entendu quelqu'un appeler sa mère ainsi. Elle savait que c'était la même chose que Madame, mais il lui semblait qu'ainsi nommée, Maman devenait une étrangère.

— Anna, ajouta rapidement Papa, a la chance, elle, de ne ressembler à personne d'autre qu'à elle-même.

L'avocat jeta un bref coup d'œil à la petite dernière et s'éclaircit la gorge.

Il ne sait pas quoi dire d'autre, songea Anna avec mépris.

— Oui, bien sûr, murmura l'homme de haute taille, en se tournant vers Papa. Avez-vous pu manger quelque chose dans le train?

Les adultes poursuivirent leur conversation, sans qu'Anna n'y prête attention. Elle n'y trouvait aucun intérêt. Ce Canadien était comme la plupart des adultes qu'elle avait rencontrés. Il ne l'aimait pas. Eh bien, elle non plus ne l'aimait pas.

Comme une somnambule, elle emboîta le pas au groupe. Ils sortirent de la gare, traversèrent la rue et entrèrent dans un restaurant. Elle mâchonna un drôle de sandwich – elle n'avait jamais rien mangé de pareil – tout en sirotant un grand verre de lait.

— Vous êtes bien sûrs que vous ne voulez pas aller à l'hôtel jusqu'à demain? demanda M. Menzies.

— Y a-t-il encore du monde dans la maison? l'interrogea Papa.

Des gens dans leur maison? Anna sortit de son demi-sommeil pour entendre la réponse.

— Non. Les locataires sont partis la semaine dernière, et j'ai pu leur racheter quelques meubles, comme vous le souhaitiez. Ils étaient heureux de recevoir de l'argent comptant. Ce ne sont pas des choses de très bonne qualité...

L'avocat semblait désolé. Ernst Solden se mit à rire.

— Des lits pour tout le monde, voilà tout ce que nous voulons en ce moment. Qu'ils soient bons, mauvais ou moyens, peu importe. N'est-ce pas, Clara?

Maman murmura un vague assentiment, mais elle n'affichait pas la même assurance et la même insouciance que Papa.

— Est-ce que les deux grosses malles vont arriver avec la literie et la vaisselle? demanda-t-elle.

— Oui, je les ai fait porter là-bas. Si seulement ma femme n'avait pas été malade, ajouta M. Menzies d'un air navré, elle serait allée voir si la maison est propre. Les locataires de Karl, vous savez, c'étaient des étrangers. Ils...

Il s'interrompit et rougit jusqu'aux oreilles. Papa se mit à rire une nouvelle fois.

— Des étrangers, hein? Ne vous en faites pas, M. Menzies. Nous disons aussi ce genre de chose en Allemagne. Si la maison est vide et que nous avons notre literie, ce sera parfait. Nous pouvons faire le ménage.

— La nourriture a un drôle de goût, tu ne trouves pas? chuchota alors Frieda à l'oreille d'Anna, qui s'arrêta pour suivre ce que disaient les adultes.

Anna hocha la tête et fit une grimace en avalant la bouchée suivante, même si en réalité, elle ne trouvait pas ça mauvais du tout.

— Idiote, lança Fritz à sa sœur jumelle. Donne-le-moi.

La nourriture était l'une des rares choses qui différenciait les jumeaux. Fritz engloutissait tout ce qu'on lui présentait. Frieda faisait des manières et grignotait. Pourtant, ils étaient tous deux minces et nerveux. Anna, qui mangeait plus que Frieda, mais moins que Fritz, était trapue et avait de gros os. « Comme un petit taureau », la taquinait parfois Maman.

— Franz Schumacher doit nous rejoindre ici, expliqua M. Menzies à ses parents. C'était un grand ami de Karl.

Le regard de Maman s'illumina. Schumacher, un vrai nom allemand! Franz aussi.

— Nous aurons besoin de deux voitures pour vous

emmener là-bas avec tous vos bagages. Il est en retard. Un patient de dernière minute, j'imagine.

Mais Anna ne suivait plus la conversation. Les mots s'embrouillaient dans sa tête. Elle laissa tomber son sandwich à demi mangé. Lorsque le Dr Schumacher les rejoignit en toute hâte, elle était endormie sur sa chaise. Cette fois, elle rata les présentations. Elle n'émergea du sommeil que lorsqu'une voix profonde résonna tout à côté d'elle :

— Je vais porter la petite.

Maman objecta.

— Mais elle est bien trop lourde! Anna, réveille-toi. Anna... Anna!

Je ne peux pas, pensait Anna qui vacillait sur ses pieds, les yeux encore fermés. Deux bras puissants la soulevèrent.

— Elle n'est pas lourde du tout, grogna le Dr Schumacher, en la changeant de position pour assurer sa prise.

Anna ouvrit les yeux une seconde, juste le temps d'apercevoir un large sourire amical. Qu'avait-il dit? Avait-elle bien entendu?

Si le docteur savait qu'elle ne dormait pas, il n'en laissa rien paraître.

— Légère comme une plume, je vous assure! affirma-t-il à l'intention de Maman.

Anna restait parfaitement immobile dans ses bras. Elle gardait les yeux bien fermés et ne souriait pas.

Et pourtant, elle adora Franz Schumacher dès cet instant.

6
Une demi-maison

Franz Schumacher était tout essoufflé avant même d'avoir atteint sa voiture. Mais il ne lâcha pas Anna. Les jumeaux les suivaient. Frieda donna un coup de coude à son frère :

— Elle fait semblant de dormir, chuchota-t-elle.

— Ça saute aux yeux, opina Fritz en haussant les épaules. Avec elle, va savoir pourquoi.

Frieda hocha la tête et pressa le pas pour ne pas se laisser distancer.

— Je vais prendre M. Solden et les garçons, avec les deux grands sacs, proposa M. Menzies, tandis que le Dr Schumacher, qui portait encore Anna, s'était arrêté et regardait désespérément sa voiture.

— Elle est fermée à clef, expliqua-t-il.

Maman ne s'embarrassa pas de paroles. Elle attrapa le bras d'Anna et le secoua sans ménagement.

— Ça suffit, Anna, ordonna-t-elle dans un allemand abrupt. Tu ne dors pas. Descends et tiens-toi debout.

Anna ouvrit les yeux aussi lentement qu'elle put. Elle bâilla profondément, innocemment, comme un chaton. Elle se fit toute molle jusqu'à la dernière seconde, et se laissa déposer sur le trottoir. Le Dr Schumacher lui sourit, mais Anna sentait le regard méprisant des autres.

— N'importe qui serait épuisé après un voyage pareil, déclara le Dr Schumacher, en prenant sa défense.

Il avait l'air sérieux, mais ses yeux pétillaient de malice. *Il sait que je faisais semblant de dormir, et ça lui est égal,* songea Anna.

Le Dr Schumacher ouvrit les portières de la voiture.

— Monte ici, Anna, lança-t-il. Il va falloir te faire toute petite pour laisser de la place aux autres.

Anna essaya de se serrer dans un coin, mais il n'y avait décidément pas assez de place. Maman la tira vers elle :

— Viens. Tu vas t'asseoir sur mes genoux.

Anna obéit, mais avec Maman, elle savait qu'elle serait trop lourde. Elle essaya de se faire la plus légère possible, en se perchant sur l'extrême bord des genoux de Maman. L'auto démarra brusquement. La secousse propulsa Anna contre la poitrine de Maman, qui en eut la respiration coupée. La fillette se raidit, mais sa mère, le temps de retrouver son souffle, avait réussi à contrôler sa colère. Elle pinça les lèvres et changea de position pour mieux répartir le poids d'Anna.

Le trajet était interminable. De faibles lumières s'allumaient derrière les rideaux des maisons qui défilaient de chaque côté. Les rues étaient vides et grises dans le crépuscule. Anna scrutait l'obscurité à la recherche d'un signe réconfortant mais ne vit rien de chaleureux qui eût semblé leur dire : Bienvenue au Canada! Sa gorge se serra soudain.

— On se sent bien seuls, murmura Maman.

Gretchen, coincée au milieu de la banquette entre sa mère et des bagages, ne répondit pas. Peut-être qu'elle aussi revoyait les rues étroites de Francfort, où ils connaissaient tout le monde et où tout le monde les connaissait. Même la grosse Mme Meyer, qui se plaignait tant du bruit qu'ils faisaient quand ils jouaient dehors, lui semblait sympathique maintenant qu'ils ne la reverraient jamais.

Pendant un instant, Anna laissa son esprit vagabonder, se remémorant leurs voisins : Trudi, le bébé de l'appartement d'en bas, qui ne marchait pas encore au moment de leur départ; Maria Schliemann, la meilleure amie de Gretchen; M. Gunderson...

Une question la ramena brusquement dans le présent. Maman avait-elle vraiment dit qu'elle se sentait seule? Sur le siège avant, Frieda bavardait avec le Dr Schumacher. Le moteur de la vieille auto faisait un bruit assourdissant. Peut-être avait-elle cru entendre Maman dire quelque chose.

Elle tourna la tête pour tenter de déchiffrer l'expression de sa mère. Si Maman se sentait seule, que pouvait-elle bien faire, elle, Anna?

Dans l'ombre, le visage de sa mère restait impénétrable. *Gretchen, dis quelque chose à Maman,* supplia silencieusement Anna.

L'auto s'arrêta à un carrefour, juste sous un lampadaire. Clara Solden leva la tête et adressa un grand sourire à Anna et à Gretchen aussi.

— Nous y serons bientôt, les enfants, très bientôt, leur promit-elle dans son anglais saccadé. Nous sommes presque arrivés à notre nouvelle maison.

Comme si on ne le savait pas! railla Anna en son for intérieur, tournant à nouveau le dos à sa mère.

— Vous devez être si excitées, toutes les deux, poursuivit Maman. Tu as une chance incroyable, Gretchen... et toi aussi, Anna... découvrir un nouveau pays... quand vous êtes encore toutes jeunes.

Maman ne semblait pas le moindrement convaincue de ce qu'elle disait. Anna plongea son regard dans la rue qui s'assombrissait. Ce n'était pas à elle de répondre, même si elle savait quoi dire. C'était à Gretchen. Gretchen, la chouchoute de Maman, saurait trouver les mots justes pour réconforter sa mère. Anna attendit.

Gretchen ne disait toujours rien. *Oublie Maria!* explosa Anna silencieusement. *Dis quelque chose à Maman!* Gretchen toussa, une petite toux sèche. Puis, avec quelque secondes de retard, elle finit par répondre au discours claironnant de Maman :

— Oui, Maman, bien sûr. Ce sera formidable, j'en suis certaine.

La voix de Gretchen était forcée, le ton faussement enjoué, exactement comme celui de Maman. Anna se raidit, furieuse contre elles. Ne pouvaient-elles pas rester elles-mêmes, l'une calme et l'autre soupe au lait? Pourquoi vouloir être si braves?

Frieda, qui racontait au Dr Schumacher comment elle et Fritz avaient gagné un prix de chant à l'âge de sept ans, s'interrompit et se retourna pour lancer un regard à sa sœur aînée.

— Qu'est-ce que tu disais, Gretchen? demanda-t-elle.

— Je parlais à Maman, répondit Gretchen d'une voix sans timbre.

— Tu disais quelque chose, Maman? s'enquit Frieda, qui ne voulait pas être tenue à l'écart.

— Tout va bien, Frieda. Il n'y a rien.

Maman se pencha pour saisir les mains de Gretchen, que celle-ci avait nouées devant elle.

— Merci, ma fille, dit-elle tout doucement. Je sais que tu fais de ton mieux. En ce moment… là, tout de suite… tu es mon enfant la plus chère.

C'était vraiment le comble. Il y avait longtemps que Maman n'avait pas appelé l'un d'entre eux son enfant le plus cher, et Anna, sans vraiment y réfléchir, en avait éprouvé de la gratitude. C'était une tradition familiale, quelque chose que Maman avait toujours fait, d'aussi loin qu'Anna pût se souvenir. Maman leur répétait toujours qu'elle les aimait tous autant, les uns comme les autres. Tous les cinq lui étaient précieux. Elle n'avait pas de chouchou. Mais de temps en temps, l'un d'entre eux se distinguait d'une manière ou d'une autre et devenait alors l'enfant le plus cher de Maman.

Tout le monde aimait ça... sauf Anna. Elle savait, et les autres le savaient aussi, qu'elle n'avait jamais vraiment été l'enfant la plus chère. Oh, Maman l'appelait bien ainsi de temps à autre, mais c'était toujours quand Anna avait fait quelque chose que Maman lui avait demandé : mettre la table ou aller faire une commission, par exemple. Anna essayait de ne pas y attacher d'importance. Elle se répétait souvent qu'elle s'en moquait pas mal. Mais elle avait apprécié que Maman cesse de le faire. Depuis que Papa avait annoncé qu'ils partaient au Canada, Maman avait cessé de remarquer les choses qui sortaient de l'ordinaire.

Et qu'est-ce que cette idiote de Gretchen avait donc bien pu faire d'extraordinaire, cette fois? demandait silencieusement Anna à l'univers entier. *Elle fait exprès d'être gentille.*

Maman et Gretchen parlaient maintenant tout bas en allemand, mais Anna ne voulait pas s'avouer vaincue et écouter leur conversation. Elle ne voulait pas entendre Gretchen se comporter comme... une adulte, songea-t-elle. Mais c'était stupide. Gretchen n'avait que treize ans. Elle n'était pas du tout une adulte.

— Nous voici arrivés, annonça le Dr Schumacher en garant la voiture.

Les passagères déplièrent bras et jambes et descendirent de la voiture.

— C'est ici, montra le docteur.

— La maison au complet? demanda Maman, éberluée.

Il y avait des années qu'ils n'avaient pas eu une maison à eux tout seuls. Cela remontait à l'époque où Gretchen était bébé. Mais Frieda examina les choses de plus près.

— C'est une demi-maison, fit-elle. Il y a des gens dans l'autre moitié.

— C'est exact. Vous partagez un mur mitoyen avec vos voisins, déclara le docteur. Mais c'est quand même une maison séparée.

Maman lâcha un grand soupir. Presque un sanglot. Cette fois, Gretchen savait quoi dire pour la réconforter.

— Ce sera mieux avec de la lumière aux fenêtres, Maman.

— Je sais, répondit Clara Solden en s'efforçant d'avoir l'air d'y croire.

L'autre voiture arriva, et une seconde plus tard, Papa les avait rejointes. Maman se tourna vers lui, en s'arrangeant pour que son sourire ait l'air d'un vrai sourire.

— Notre nouveau chez-nous, Ernst, annonça-t-elle.

Papa, immobile, contemplait la tranche de maison haute et étroite qui leur appartenait.

— Qu'est-ce que Karl voulait donc faire d'une maison

de cette taille? se demanda-t-il tout haut.

— Oh, il n'habitait pas ici. Il louait la maison. Lui, il vivait dans une pension de famille à côté du magasin. Je ne sais pas pourquoi il a acheté cette maison, mais j'ai bien peur qu'elle soit en piteux état, expliqua M. Menzies.

Papa hocha dubitativement la tête.

— Oui, bien sûr, je me souviens. Karl avait voulu se marier il y a des années. Gerda Hertz... mais elle n'a pas voulu l'attendre. Allons-y, entrons!

La maison, sale et obscure, sentait le renfermé et le moisi. En pénétrant dans l'entrée, leurs pas crissèrent comme sur du gravier. Anna se blottit à nouveau contre son père, cette fois parce qu'elle-même avait besoin d'être rassurée. Papa déposa la grande valise qu'il transportait et mit une main sur ses cheveux. Pas bien longtemps. Ce fut bientôt assez. Anna s'écarta très vite avant que les autres aient pu remarquer quoi que ce soit.

Monsieur Menzies allait d'une pièce à l'autre, allumant les lumières. Les Solden suivaient derrière. Ce n'était pas une maison à explorer tout seul.

Ils étaient à l'étage depuis déjà plusieurs minutes quand ils s'aperçurent qu'il manquait une chambre. Il y avait une chambre en bas avec un grand lit double. De toute évidence, elle revenait à Maman et Papa. En haut, en face de l'escalier, il y en avait une autre, exiguë à cause de la salle de bains attenante, avec elle aussi un lit double, et pas grand espace pour y mettre autre chose. On avait coincé une commode derrière le lit, dont on ne pouvait ouvrir les tiroirs qu'à moitié. Personne ne revendiqua cette chambre.

Rudi s'appropria la dernière chambre restante à la seconde où il y mit le pied.

— Celle-là, elle est pour Fritz et moi, annonça-t-il.

Il laissa tomber les bagages qu'il portait sur celui des deux lits simples qui paraissait le moins mauvais.

— Mais Rudi… commença Gretchen.

Elle laissa sa phrase inachevée. Rudi était l'aîné.

— C'est bon, viens Frieda, soupira-t-elle, en regardant l'autre chambre d'un air dégoûté.

— Papa, s'exclama alors Frieda, il n'y a pas de place pour Anna.

7
Le coin d'Anna

Frieda afficha aussitôt après une mine contrite.

— Ce n'est pas parce que je ne veux pas partager avec toi, Anna, s'empressa-t-elle de dire, avec dans ses yeux bruns l'espoir que sa petite sœur comprendrait. Mais il n'y a qu'un lit, et je t'ai eue sur le dos pendant tout le voyage en bateau.

Elle grimaça un sourire, pour essayer de dérider Anna.

— Je peux te montrer mes bleus, ajouta-t-elle.

Anna ne pouvait rien dire. Et qu'y avait-il à dire? Elle savait qu'elle avait un sommeil agité. Sur le bateau, Frieda l'avait souvent repoussée en lui ordonnant de cesser de remuer dans l'étroite couchette qu'elles partageaient. Il *devait* bien y avoir une petite place quelque part. Il le fallait absolument.

— J'ai trouvé quelque chose, cria le Dr Schumacher.

Sa voix résonnait lugubrement sur le palier obscur. Soulagés, ils allèrent voir. Anna marchait lentement, le dos raide, la tête plus haute que jamais.

Ce n'était pas vraiment une chambre. Plutôt une sorte de niche qui ouvrait sur le palier, un recoin entre les deux autres chambres.

— Une alcôve, déclara M. Menzies.

Anna sentit sa gorge se serrer. C'était sombre et il n'y avait pas de fenêtre. Un lit de camp étroit était appuyé contre le mur. Quelqu'un avait déjà dormi ici.

— Anna est trop petite pour dormir ici toute seule, déclara Maman d'une voix mal assurée.

— Elle ne va pas dormir avec Frieda et *moi,* si c'est à ça que tu penses! explosa Gretchen.

Elle en avait assez de jouer à la grande sœur brave et gentille. Elle parlait d'un ton acerbe, sans douceur.

— Tu sais comment elle est, Maman. Il lui arrive même de gémir dans son sommeil!

La colère envahit Anna, et c'est ce qui la sauva. Et l'expression qui passa sur le visage du Dr Schumacher, quelque chose qui ressemblait à de la pitié, attisa encore davantage cette colère.

— Je *veux* dormir ici! Je *veux* être toute seule, lança-t-elle avec violence. Je déteste avoir à partager, surtout avec eux!

Clara Solden s'emporta aussi promptement que sa fille.

— Parfait, coupa-t-elle, toute sa tendresse évanouie. Ce sera la chambre d'Anna. Et que personne n'aille la déranger. Ne l'oubliez pas. Il faudra attendre qu'elle nous y invite.

Mal à l'aise, les autres murmurèrent un vague assentiment. Les plus vieux se mirent soudain à examiner le bout de leurs souliers. Il y avait quelque chose, dans la solitude d'Anna, qu'ils préféraient ne pas voir. Papa s'éclaircit la voix.

— Papa, le mit en garde tout bas Anna avant qu'il ait pu dire un mot.

Il lui lança un regard interrogateur, et se racla à nouveau la gorge.

— Qu'y a-t-il Ernst? demanda Maman abruptement.

— Rien. Anna, nous allons te trouver une belle malle où ranger tes choses.

— Très bien, répondit Anna d'une voix morne et sans timbre, comme si tout ça lui était plutôt indifférent.

Papa décida tout à coup de prendre les choses en main.

— Un bain pour tout le monde, Clara, ordonna-t-il. Je vais m'occuper de te trouver la boîte où il y a la literie. Ces enfants dorment debout.

— Il me faut quelque chose pour nettoyer la baignoire, répondit Maman qui, héroïquement, voulait déjà s'attaquer à l'impossible. Gretta, viens m'aider. Oh, cette maison est tellement sale.

— Demain, nous nous installerons comme il faut, lui cria Papa. L'endroit sera moins triste à la lumière du jour... Ah oui, il nous faut quelque chose pour le petit déjeuner, se rappela-t-il, se tournant à nouveau vers M. Menzies.

Celui-ci prit un air navré :

— Ma femme… commença-t-il.

Le Dr Schumacher avait la solution.

— On trouvera tout ce qu'il faut dans l'épicerie. Avez-vous la clef, John? On pourrait y aller tout de suite.

Monsieur Menzies tendit la clef et les trois hommes se dirigèrent vers l'escalier.

— Quand vous serez installés et un peu reposés, dit le docteur, amenez les enfants à mon cabinet. Ils doivent passer leur examen médical avant la rentrée des classes.

— La rentrée des classes? s'exclama Fritz, horrifié.

Le docteur se retourna vers le garçon et éclata de rire.

— Oui, l'école commence mardi, pas mardi prochain, l'autre.

Fritz grogna quelque chose.

Les hommes descendirent l'escalier. Le Dr Schumacher expliquait où était situé son cabinet.

— Viens ici, Fritz, ordonna Rudi.

Les garçons disparurent dans leur nouvelle chambre. Frieda se précipita sur leurs talons. Anna resta seule sur le palier. Elle pouvait entendre les voix des trois hommes, en bas, puis Rudi qui expliquait aux jumeaux comment il allait arranger « sa » chambre, et le bruit de l'eau qui remplissait la baignoire.

Gretchen réapparut sur le palier. Maman l'avait envoyée en expédition à la recherche de serviettes. L'aînée des filles faillit trébucher sur Anna, toujours debout devant l'alcôve qui allait devenir sa chambre. Gretchen s'arrêta.

Elle regarda sa petite sœur. Debout là, toute seule, on aurait dit qu'elle appelait à l'aide. Mais Gretchen connaissait Anna. Ce n'était pas aussi simple. Elle était aussi facile à approcher qu'un porc-épic. Et cela ne servait à rien de lui demander ce qui n'allait pas. Elle ne répondrait jamais.

En plus, songeait Gretchen, *il y a tellement de choses qui ne vont pas. Moi aussi, je déteste cette maison. Nous n'aurions jamais dû venir dans cet endroit horrible.*

— Gretchen, tu viens? appela Maman.

— Oui, Maman, dans une minute!

Gretchen fit deux pas en direction de l'escalier. Derrière elle, Anna restait plantée sans bouger, sans dire un mot. Sachant pourtant que c'était inutile, Gretchen ne put s'empêcher de se retourner.

— Anna, ce n'est pas si affreux... commença-t-elle.

— Maman t'appelle, coupa Anna. Tu ferais mieux de te dépêcher. Et je te signale que tu es dans ma chambre et que je ne t'ai pas invitée.

— Oh, tu... es... vraiment *infecte!* cracha Gretchen à l'adresse de sa jeune sœur.

Elle s'élança vers l'escalier qu'elle dégringola quatre à quatre.

— Papa! appela-t-elle. Maman veut des serviettes de toilette.

Anna se retrouva seule. Elle recula de deux pas et alla s'asseoir sur l'extrême bord du petit lit bancal. Elle resta là, immobile, les bras serrés autour de son corps. La rentrée...

dans un peu plus d'une semaine!

Elle aurait dû le savoir, bien sûr. Elle aurait dû s'y attendre. Mais dans la frénésie des préparatifs de départ, et durant les semaines de voyage, elle n'avait jamais pensé si loin. Pas une fois elle ne s'était imaginé aller à l'école dans un pays étranger.

Comme si l'école n'avait pas été suffisamment horrible à Francfort! Dans l'obscurité, Anna se remémora Mme Schmidt. Le cauchemar allait recommencer. Mais cette fois-ci, ce serait cent fois pire. Un cauchemar en anglais!

Lorsque Maman, partie à sa recherche, la trouva enfin, Anna n'avait pas bougé.

— Anna Elisabeth Solden, lève-toi et déshabille-toi pour ton bain. Qu'est-ce que tu as?

Maman la secoua pour la faire lever.

— Je ferai ton lit pendant que tu prendras un bain. Attends, je vais t'aider.

Anna se libéra.

— Je peux le faire moi-même, fit-elle.

Maman laissa ses bras retomber. Elle soupira. Puis elle fronça les sourcils. Anna commençait à se déshabiller, mais avec une telle lenteur.

— Et parle en anglais, ordonna soudain sa mère.

Peut-être qu'elle aussi pensait à la rentrée des classes. Peut-être qu'elle aussi avait peur pour Anna, sa petite Allemande.

— Jamais, répondit Anna en allemand.

Le mot lui écorcha la gorge.

Puis elle tourna le dos à sa mère et entreprit de se défaire de sa robe en la passant par-dessus sa tête. Quoi que Maman ait pu alors ajouter, elle ne l'entendit pas.

8
La découverte du Dr Schumacher

La salle d'attente du Dr Schumacher était miteuse et exiguë. Quand les Solden entrèrent, les deux garçons durent rester debout contre le mur avec leur père, parce qu'il ne restait pas assez de chaises.

— Parfait, les accueillit le Dr Schumacher avec un sourire. Qui passe en premier?

Rudi fit un pas vers lui. Maman se leva pour l'accompagner, mais il lui lança un regard noir.

— Je ne suis pas un bébé, marmonna-t-il.

On aurait dit Anna.

— Laisse-le y aller tout seul, Clara, dit Papa. Vas-y, Rudi.

Il s'approcha et alla s'asseoir à côté de sa femme, prenant Anna sur ses genoux pour libérer la chaise.

— Ça va bien se passer, lui dit-il. Tu vas voir.

Maman n'était pas convaincue. D'habitude, elle n'emmenait ses enfants chez le docteur que lorsqu'ils étaient malades. Gretchen s'était fait opérer des amygdales lorsqu'elle avait trois ans. Fritz avait eu ces mauvaises otites. Et Rudi s'était cassé un bras en tombant d'un arbre dans lequel on lui avait dit de ne pas grimper. Mais la plupart du temps, Maman n'avait pas besoin d'un docteur pour lui dire quoi faire. Elle avait ses propres remèdes pour soigner maux de gorge, genoux écorchés et maux d'estomac, et même la rougeole. Les enfants avaient été vaccinés avant de partir au Canada, mais les choses s'étaient passées si vite qu'elle n'avait pas eu le temps d'y penser. Et si ce docteur qu'elle ne connaissait ni d'Ève ni d'Adam découvrait une horrible maladie chez l'un de ses enfants?

— Je n'ai pas confiance dans ces médecins étrangers, marmonna-t-elle à l'adresse de Papa.

— Clara, c'est nous qui sommes les étrangers ici! lui rappela-t-il, sans s'énerver mais sans se donner la peine de parler tout bas. D'ailleurs, le Dr Schumacher est aussi allemand que toi.

Maman secoua la tête, mais Rudi était déjà revenu, un sourire fendu jusqu'aux oreilles.

— En voilà un en pleine forme! annonça le Dr Schumacher. Au suivant! Gretchen, c'est bien ton nom?

Cette fois, Maman resta assise, mais elle ne quitta pas sa fille des yeux jusqu'à ce que la porte du cabinet se referme derrière elle.

— Tu ne la trouves pas un peu pâle? demanda-t-elle à Papa.

Ernst Solden se mit à rire, un rire sonore qui emplit la pièce.

— Gretchen, pâle? Elle a les joues aussi roses que des pivoines, et tu le sais très bien.

Anna vint se blottir plus près de lui et se mit à rire elle aussi. C'était drôle d'imaginer Gretchen pâle.

— Sur le bateau, elle était verte, suggéra-t-elle.

— Anna, ce n'est pas très gentil de ta part, répondit son père. Ce n'est pas parce que tu étais la seule à avoir un peu de bon sens...

— Chut! leur ordonna Maman d'un ton sévère.

Papa gloussa et serra Anna contre lui. Gretchen réapparut, les joues plus roses que jamais. Puis ce fut au tour de Frieda. Fritz, lui, resta absent quelques minutes de plus que les autres.

— Peut-être que Fritz a quelque chose qui ne va pas... commença Maman dont les yeux s'agrandissaient.

— Il m'a laissé écouter mon cœur, fanfaronna Fritz en entrant comme un bolide dans la salle d'attente.

— Une famille en santé, ces Solden! claironna le Dr Schumacher.

Il tendit sa grosse patte à Anna. Celle-ci se laissa glisser des genoux de son père et mit sa main dans celle du docteur. Papa sourit. Quelqu'un d'autre avait trouvé un moyen d'apprivoiser son Anna!

Une fois le docteur et Anna disparus, Maman poussa un profond soupir de soulagement.

— Je te l'avais bien dit, n'est-ce pas? la taquina son mari.

Elle ne pouvait pas le contredire. Il ne restait qu'Anna, et celle-ci n'avait jamais été gravement malade de toute sa vie.

— J'aimerais que tu me lises les lettres écrites sur ce carton, dit le Dr Schumacher à la plus jeune des enfants.

Anna figea sur place. Lire! Elle n'en était pas capable... Elle regarda l'endroit qu'il indiquait. Facile, il n'y avait qu'une lettre! Elle connaissait le nom des lettres, à présent.

— E, répondit-elle.

— Et la ligne en dessous?

Anna plissa le front. Oui, il y avait effectivement d'autres lettres. Elle pouvait les apercevoir, maintenant, en louchant un peu. On aurait dit de petits insectes gris qui frétillaient.

— Elles sont trop petites, je ne peux pas les lire, dit-elle.

Dix minutes plus tard, quand il eut bien vérifié, le docteur revint dans la salle d'attente avec la petite fille.

— Savez-vous que cette enfant ne voit rien du tout? lança-t-il d'un ton sévère.

Il devina la réponse en voyant l'air ébahi d'Ernst et de Clara Solden. Touché par leur désarroi, il essaya d'adoucir le ton, même s'il était encore furieux pour Anna.

— Du moins elle ne voit pas grand-chose, corrigea-t-il.

Maman se précipita vers sa petite fille. Si Anna en avait eu conscience, elle aurait su qu'à ce moment précis, elle était pour Maman la seule qui comptait. Elle était devenue, pour une fois, son enfant la plus chère. Mais Anna ne devina rien. Elle se libéra de l'étreinte anxieuse de sa mère et se tint hors de portée.

— Mais bien sûr qu'elle voit! souffla Clara Solden, qui cessa de regarder Anna pour se tourner vers ce médecin étranger en qui elle n'avait jamais eu confiance. Qu'est-ce que vous racontez? C'est ridicule!

Le docteur regardait alternativement les deux parents d'Anna.

— Elle a une très mauvaise vue, vraiment très mauvaise, dit-il. Elle devrait porter des lunettes. Probablement qu'elle aurait dû en avoir il y a deux ou trois ans. Mais avant de continuer, je veux qu'elle se fasse examiner par un optométriste… un médecin des yeux.

Cette fois, Maman n'allait pas être laissée pour compte. Les autres restèrent dans la salle d'attente du Dr Schumacher pendant qu'on emmenait Anna à l'étage consulter le Dr Milton. Maman renifla avec mépris en entendant son nom, mais elle était bien trop inquiète pour émettre la moindre protestation.

Pour Anna, c'était comme un cauchemar. Une fois de plus, on lui demanda de lire des lettres sur un panneau. Une fois de plus, elle ne put identifier que l'énorme E. Le nouveau docteur examina ses yeux en y plongeant une petite lumière brillante. Il lui fit essayer toute une collection de lentilles. Et soudain, les lettres apparurent.

— F... P, lisait Anna lentement. T... O... Z, je crois.

— Celles-là, maintenant, demanda le Dr Milton en pointant l'autre rangée. Mais elles étaient trop petites.

Le Dr Milton claqua la langue. Il se mit à parler à Maman dans un anglais rapide. Maman jeta les bras au ciel et répliqua par une salve de mots allemands. Le docteur les raccompagna ensuite jusque dans le cabinet du Dr Schumacher, où les deux médecins engagèrent une conversation. Les Solden attendaient anxieusement. Anna arborait son air maussade, l'éternelle Anna susceptible et bourrue. Elle essayait, en son for intérieur, de faire comme si elle n'était pas là. Sans grand résultat.

Le Dr Schumacher l'emmena dans une autre pièce où elle prit place sur une chaise pendant qu'on lui essayait des montures.

— Quelle charmante petite fille, s'exclama l'optométriste, ravi.

Anna rougit de plaisir.

— Même avec des lunettes, elle n'aura pas une vue normale, expliqua le Dr Schumacher quand ils furent tous à nouveau réunis dans son cabinet.

Les adultes avaient pris les chaises. Anna se tenait à côté de son père mais ne le regardait pas. Elle s'employait à frotter le bout de son soulier sur le tapis usé. Peut-être parviendrait-elle à y faire un trou. Pour lui apprendre, à ce

Dr Schumacher.

— Elle devra aller dans une classe spéciale, une classe pour les enfants qui voient très mal, ajouta-t-il. Ils peuvent apprendre plus facilement.

— Elle n'ira pas à la même école que les autres? gémit Maman, qui espérait ne pas avoir bien compris.

Le Dr Schumacher revint à l'allemand. Il parla avec gentillesse, sur un ton apaisant.

— C'est un bel endroit. Elle s'y plaira. Tu verras, Anna. Tu t'y plairas beaucoup.

Depuis qu'il avait rencontré la famille Solden, il s'était senti attiré par cette petite fille revêche. Devinant à présent combien sa vie avait dû être difficile depuis qu'elle avait commencé à fréquenter l'école, il désirait plus que jamais devenir son ami.

Par le ton de sa voix, il essaya de lui communiquer ce sentiment quand il s'adressa directement à elle. Non seulement tenta-t-il de la rassurer sur la classe spéciale, mais il lui dit aussi, à demi-mots, que lui, Franz Schumacher, il l'aimait elle, Anna Solden.

Anna continuait de frotter son soulier sur la trame usée de son tapis. Elle ne releva pas la tête, ne répondit rien. Le docteur faisait maintenant partie du mauvais rêve dans lequel elle se retrouvait piégée. Elle saisissait à peine ses paroles. Et quand elle les comprenait, elle n'en croyait pas un mot. Comment aurait-elle pu aimer l'école?

Les jours qui suivirent, les Solden s'affairèrent à

installer leur nouvelle demeure. Maman et Gretchen récuraient, frottaient, aéraient et époussetaient. Papa fit l'inventaire de l'épicerie, évaluant ce qu'il avait et ce qu'il lui fallait commander. Après la mort de Karl Solden, on avait engagé quelqu'un pour tenir la boutique, mais à présent, Papa voulait prendre les choses en main.

— Je crois qu'il se fait du souci, déclara Rudi aux autres.

Anna pensait la même chose. Il lui semblait que son père n'avait plus une minute à leur consacrer, plus un sourire de trop à distribuer. Elle lui collait aux talons et cherchait à l'aider. À leur grande surprise, tous deux constatèrent qu'elle pouvait vraiment se rendre utile. Elle comptait les boîtes de pêches en conserve, les boîtes de biscuits à l'arrow-root. Elle calculait très bien. Quand Papa vérifiait, il constatait qu'elle ne se trompait jamais. Une journée, Frieda vint elle aussi donner un coup de main; elle fit des erreurs.

— Tu vas trop vite, ma fille, lui dit Papa.

Anna ouvrit des yeux ronds. Se pouvait-il que la lenteur ne soit pas toujours un défaut?

Puis, trois jours avant la rentrée des classes, les nouvelles lunettes d'Anna arrivèrent. Perchées sur son petit bout de nez, elles ressemblaient à deux lunes toutes rondes. Anna n'avait qu'une envie, les enlever et les balancer à l'autre bout de la pièce. Elle jeta un coup d'œil méfiant à travers les verres.

Pendant un bref moment, une expression totalement

nouvelle éclaira son petit visage ingrat, une expression de surprise et d'émerveillement intense. Elle découvrait un monde dont elle n'avait jamais soupçonné l'existence.

— Oh, Anna, tu as l'air d'une chouette, lança Frieda sans penser à mal.

L'expression émerveillée d'Anna s'évanouit immédiatement. Elle tourna le dos à tout le monde pour grimper à l'étage vers son alcôve, où personne ne pouvait la suivre sans permission. Papa vint cependant la rejoindre une ou deux minutes plus tard.

— Est-ce que tu les aimes Anna? demanda-t-il doucement.

Elle fut bien près de lui expliquer et faillit lui dire :

— Je ne savais pas que tu avais des rides autour des yeux, Papa. Je savais que tu avais les yeux bleus, mais je ne savais pas qu'ils étaient aussi brillants.

Mais elle se souvint du commentaire moqueur de Frieda. Elle détestait que l'on se moque d'elle!

— Est-ce que je *dois* vraiment les porter, Papa? répliqua-t-elle de but en blanc.

Papa la regarda d'un air désolé, mais il fit oui de la tête.

— Tu dois les porter tout le temps, et je ne plaisante pas, répondit-il avec fermeté.

Anna rougit légèrement. Ce n'était pas bien de berner Papa comme ça. Mais elle n'était pas encore prête à partager ce qu'il lui arrivait. Même son père risquait de ne pas comprendre. Elle-même avait de la difficulté à l'accepter.

— Très bien, Papa, fit-elle d'une voix traînante.

Pour la consoler, son père posa gentiment sa main sur sa tête penchée. Elle se tortilla, mal à l'aise. Il la laissa.

— Aimerais-tu retourner au magasin avec moi? demanda-t-il.

Anna fit oui de la tête. Puis elle ajouta, d'une voix sourde :

— Je te rejoins dans une minute. Va devant.

Ernst Solden s'apprêtait à s'en aller quand il se retourna et se pencha brusquement pour l'embrasser.

— Tu vas t'y habituer très vite, ma chérie. Tu vas voir.

Anna sentit ses joues s'empourprer davantage. Heureusement que son alcôve était mal éclairée.

Une fois son père parti, elle leva sa main droite et la tint devant elle. Elle remua les doigts et se mit à les compter. Malgré le mauvais éclairage, elle les voyait tous les cinq. Elle examina ses ongles. Ils luisaient faiblement et une petite demi-lune ornait la base de chacun d'eux. Puis elle se pencha pour regarder sa couverture de laine rouge. Elle était toute duveteuse. Elle distinguait les fils de laine, les centaines de fils.

Quoi qu'elle regarde, où qu'elle se tourne, tout ce qu'elle voyait semblait nouveau, différent, miraculeux. Enfin, se sachant en lieu sûr, elle se mit à sourire.

9
La rentrée

Maman cria :

— Anna, dépêche-toi!

Anna enfila l'autre bas brun qu'elle fixa à l'une des jarretelles accrochées à des bretelles. Elle attrapa le jupon de coton que Maman avait préparé. Elle avait déjà trop chaud. Elle se sentait étouffer dans ces vêtements. D'abord le caleçon qui lui descendait aux genoux, plus les bretelles qui tenaient les jarretelles, plus ces horribles bas à côtes qui piquaient, et maintenant le jupon!

Maman tira le rideau qui fermait l'entrée de l'alcôve d'Anna.

— Dépêche-toi, répéta-t-elle.

Anna enfila son corsage blanc et le boutonna. Il bâillait entre chaque bouton.

Maman soupira.

— Tu grandis trop vite.

Anna soupira à son tour. Elle voulait bien arrêter de

grandir, à condition de savoir comment faire. Elle se trouvait déjà bien trop grande. Mais lorsqu'elle tendit le bras pour attraper sa nouvelle tunique, son cœur s'allégea.

— Un vêtement neuf à chacun pour la rentrée des classes, avait décrété Papa.

Autrefois, tous étaient habillés de neuf des pieds à la tête pour le jour de la rentrée, mais les choses avaient changé et ils y étaient désormais habitués.

Gretchen avait choisi un corsage jaune qui mettait en valeur l'or de ses cheveux fins. Les garçons avaient jeté leur dévolu sur des pantalons de velours côtelé. Une fois rentrés à la maison, ils s'étaient pavanés dedans en faisant craquer le tissu trop neuf. Pour une fois, Rudi avait eu l'air aussi idiot que Fritz. Frieda et Anna avaient hérité pour leur part de tuniques.

— Je déteste ça, avait protesté Frieda. C'est triste et laid. On dirait un uniforme!

— Ça te va bien, avait insisté Maman, sans un regard pour les robes plus gaies et plus chères. Il y a un bon ourlet pour les rallonger, et en plus, c'est de la serge. Elles seront inusables.

Ce dernier détail fit gémir Frieda, comme si Maman lui avait plongé un couteau en plein cœur.

Pour sa part, Anna adorait sa tunique. Elle aimait faire courir ses doigts le long des plis cassants. Elle en aimait même l'aspect banal. Cela *ressemblait* effectivement à un uniforme. Elle avait toujours secrètement désiré avoir un uniforme.

— Assieds-toi, que je fasse tes nattes, ordonna Maman.

Quand ce fut terminé, elle l'envoya se faire inspecter par son père.

Anna se dépêcha d'aller jusqu'au palier, puis ralentit majestueusement le pas, comme si elle était en tenue de gala. Elle parada fièrement devant son père.

Papa examina sa fille. Anna attendit.

— Clara, cria-t-il, pourquoi ne pas lui mettre des rubans dans les cheveux?

Anna resta plantée bien droite, mais toute sa fierté s'évanouit. Elle savait par cœur ce que Maman allait dire.

— Les rubans ne tiennent jamais dans les cheveux d'Anna, répondit effectivement sa mère d'un air mécontent. Mais je peux toujours réessayer. Gretchen, cours chercher tes nouveaux rubans écossais.

Lorsque le Dr Schumacher arriva pour les emmener, elle et Maman, à la nouvelle école, Anna arborait un beau nœud écossais à l'extrémité de chacune de ses nattes.

— Tu es splendide, Anna, fit le médecin en souriant.

Anna regarda ailleurs. Elle n'était pas dupe.

— C'est si aimable à vous d'emmener Anna à son école, caquetait Maman tandis qu'elles enfilaient leurs manteaux.

— Ne dites pas de bêtises, répondit le Dr Schumacher. Je connais Mme Williams. Je peux être utile pour l'anglais aussi. Ça ne prendra pas beaucoup de temps.

Ils restèrent tous les trois silencieux pendant le trajet. Une fois arrivés devant l'école, ils sortirent de la voiture et s'engagèrent dans l'entrée. Anna marchait entre Maman et le docteur. Elle essayait d'avoir l'air de celle qui fait ça tous les jours, même si son cœur cognait contre ses côtes au point de lui faire presque mal. Franz Schumacher attrapa sa petite main froide dans sa grande patte tiède. Anna essaya de se dégager, mais il ne relâcha pas sa prise. Elle avala sa salive et continua de marcher : un pied... puis l'autre. La main du docteur était comme celle de Papa. Elle y abandonna la sienne et se sentit plus brave.

Mme Williams fut la première surprise d'une journée qui allait être remplie de surprises.

— Nous sommes si contents de t'avoir avec nous, Anna, dit-elle après que le Dr Schumacher, poussant Anna devant lui, lui eut présenté la fillette et sa mère.

L'institutrice avait une voix basse et voilée, rien à voir avec Mme Schmidt. Et son sourire était si sincère que même Anna ne pouvait s'y méprendre. Elle était jolie, aussi. Elle avait les cheveux aussi brillants que ceux de Gretchen. Elle regardait Anna un peu à la manière de Papa.

Elle ne me connaît pas encore, songea Anna, qui ne lui rendit pas son sourire. *Elle ne m'a jamais entendue lire...*

— Cette fois, je vous amène tout un défi, Eileen, dit le Dr Schumacher à mi-voix.

Un défi.

Anna ne connaissait pas ce mot. Est-ce qu'il voulait dire bonne à rien? Non, c'était impossible. Franz Schumacher tenait encore sa main dans la sienne, avec la même douceur qu'auparavant. Anna rangea le mot dans sa mémoire. Elle demanderait à Papa une fois rentrée à la maison.

Quinze minutes plus tard, elle était assise à son nouveau pupitre et regardait sa mère et le Dr Schumacher quitter la salle de classe.

— Ne m'abandonnez pas! faillit-elle leur crier, sentant son courage la déserter.

Elle porta la main à ses tresses pour jouer avec les rubans tout raides de Gretchen. L'un des nœuds était défait. Anna tira sur l'autre et fit disparaître les rubans dans son pupitre.

Elle ne devait pas pleurer. Non!

L'aspect du pupitre détourna alors son attention. Elle n'en avait jamais vu de pareil. Il y avait des charnières sur les côtés, et on pouvait l'incliner pour rapprocher le livre qu'on lisait. Elle regarda autour d'elle avec étonnement. Ce n'était pas seulement le pupitre qui était différent. Le crayon dans la rainure était plus gros que son pouce. Les tableaux n'étaient pas noirs, mais verts, et la craie elle aussi était grosse, et jaune plutôt que blanche.

Même les enfants étaient différents. Et la plupart étaient plus vieux qu'Anna.

— Dans cette classe, nous avons des élèves de la première à la septième année, avait expliqué Mme Williams à Maman.

Les pupitres n'étaient pas alignés parallèlement ni cloués au plancher. On les avait réunis en plusieurs groupes séparés. Mme Williams avait installé Anna à côté de son bureau, à l'avant.

— Tu peux t'asseoir à côté de Benjamin, avait-elle dit.
Ben a besoin de quelqu'un qui lui tire un peu l'oreille pour
travailler, n'est-ce pas Ben?

Anna n'avait aucune idée de ce que ça voulait dire.
Elle jeta un coup d'œil sur les oreilles de Ben. Elles lui
semblèrent parfaitement normales. C'était peut-être une
plaisanterie?

Anna ne sourit pas. Personnellement, elle ne trouvait
pas ça drôle.

Rapidement, Mme Williams présenta à la nouvelle
élève ses compagnons de classe : Jane, Mavis, Kenneth,
Bernard, Isobel, Jimmy, Veronica, Josie, Charles. Mais
les noms entraient par une oreille et sortaient par l'autre,
comme des oiseaux qui s'échappaient dès qu'Anna pensait
les avoir capturés.

— Tu ne peux pas te souvenir tout de suite de la plupart
d'entre eux, ajouta l'institutrice en voyant la panique dans
les yeux de la fillette. Tu vas apprendre à nous connaître
petit à petit. C'est Bernard le plus vieux, et tu vas vite faire
sa connaissance parce que c'est lui qui fait la loi, ici.

Comme Rudi, songea Anna. Elle allait s'arranger autant
que possible pour éviter de se trouver sur son chemin.
Le problème, c'est qu'elle n'était pas certaine de savoir
lequel c'était.

— Je crois que toi et Ben allez probablement travailler
ensemble, continua Mme Williams.

— Alors, faites les présentations comme il faut, Mme Williams, suggéra un grand garçon qui devait être Bernard.

— Anna, permets-moi de te présenter Benjamin Nathaniel Goodenough, s'exécuta Mme Williams.

Anna regarda le petit garçon au visage espiègle couronné de cheveux noirs touffus. Il avait une bonne tête de moins qu'elle, mais portait des lunettes aux verres aussi épais, derrière lesquels ses yeux lançaient des étincelles.

— J'ai hérité du nom de mes deux grands-pères, expliqua-t-il.

— Bon, tu nous connais assez pour le moment, déclara l'institutrice. À présent, il serait temps qu'on travaille un peu dans cette classe.

Anna, qui s'était détendue en examinant Benjamin Nathaniel, figea sur place. Qu'allait-il se passer maintenant? Devrait-elle se mettre à lire? Elle resta assise, paralysée comme un animal pris au piège, tandis que Mme Williams allait chercher quelque chose dans une armoire à l'autre coin de la classe.

— Voici quelques crayons de cire, Anna. J'aimerais que tu dessines quelque chose. N'importe quoi, quelque chose que tu aimes. Je vais m'occuper des autres pour qu'ils se mettent au travail, et je viendrai ensuite évaluer à quel niveau de scolarité tu en es rendue.

Anna ne toucha pas aux crayons. Il n'y avait rien qu'elle eût envie de dessiner. Elle n'était rendue nulle part.

Elle voulait Papa, désespérément. Et qu'est-ce que « défi » pouvait bien vouloir dire?

— Dessine ta famille, Anna, proposa Mme Williams.

Elle lui parlait avec beaucoup de gentillesse, mais avec fermeté, comme si elle savait, mieux qu'Anna, de quoi était capable la fillette. Elle s'empara d'une des mains courtes et carrées d'Anna et la referma sur la boîte de crayons de cire.

— Dessine-moi ton père et ta mère, tes frères et tes sœurs, et toi aussi, Anna. Je veux tous vous voir.

Au contact de cette boîte solide et bien réelle, Anna sentit son courage se ranimer. Les crayons étaient gros et vivement colorés. Ils semblaient invitants. L'institutrice posa du papier sur le pupitre, un papier rugueux, couleur crème. Du merveilleux papier pour dessiner. Au moins six feuilles!

— Prends tout ton temps, ajouta Mme Williams en s'éloignant. Et tu peux utiliser tout le papier que tu veux.

Anna prit une profonde inspiration. Lentement, elle s'empara d'un crayon. De toute façon, elle savait par quoi commencer.

Elle allait commencer par Papa.

10
Tout un défi

Anna dessina un Papa immense. Le haut de sa tête atteignait le bord supérieur de la feuille. Elle lui fit de larges épaules et un grand sourire. Et des yeux très bleus.

À son côté, elle dessina Maman, qui lui tenait le bras. Maman lui arrivait à l'épaule. Papa plaisantait souvent sur la petite taille de Maman. Il pouvait poser son menton sur le haut de sa tête.

Anna dessina aussi un sourire sur le visage de Maman, mais le crayon dérapa. Le sourire était tout de travers. Anna essaya de l'arranger. Elle gratta la cire avec son ongle. Le trait disparut mais en laissant une trace un peu sale. Devait-elle tout recommencer à zéro… ou abandonner?

Anna regarda Papa, si grand, si heureux. Elle dessina un nouveau sourire sur le visage de Maman, à la place de l'autre. Cette fois, elle le réussit mais on distinguait encore l'endroit où le crayon avait dérapé.

J'ai une idée, pensa Anna, soudain tout excitée. *Je vais lui faire un coup de soleil pour cacher ça.*

Elle colora méticuleusement le visage de Maman jusqu'à ce qu'il soit rose du menton à la racine des cheveux. Ça marchait.

Ils sont en vacances, décréta Anna, qui finit par sourire légèrement. Elle appliqua le même traitement au visage de Papa.

Elle prit une pause et réfléchit. Elle avait complètement oublié le reste de la classe. Les yeux brillants, elle se pencha à nouveau sur son dessin. Elle dessina le seau de Fritz, et c'est Papa qui le tenait. On ne pouvait pas le voir, mais Anna savait qu'il y avait un petit poisson à l'intérieur du seau.

Ensuite, elle s'attaqua à Rudi et à Gretchen. Elle les fit eux aussi grands et tout bronzés. Ils avaient les cheveux très blonds et les yeux très bleus. Ils étaient en maillot de bain. Rudi transportait son filet à papillons tout neuf, et il en était fier. Gretchen portait le seau de Frieda, rempli de coquillages. Les deux aînés marchaient à côté de Papa.

Les jumeaux occupèrent presque tout l'espace à côté de Maman. Ils couraient à toutes jambes. Fritz avait des oreilles qui lui sortaient du crâne comme les anses d'une tasse. Tous deux semblaient bien trop excités pour porter leurs propres seaux. Anna les laissa pieds nus.

Elle colora une bande de sable brun clair au bas de la feuille.

Voilà. C'est terminé, annonça-t-elle à cette part

d'elle-même qui se contentait de regarder.

Et puis elle se rappela. « Et toi aussi, Anna », avait dit Mme Williams. Il restait une petite place sur un côté de la feuille. Elle s'arrangea pour faire entrer son portrait dans cet espace. Elle se fit des cheveux d'un brun terne, des yeux d'un bleu banal. Pour se rendre aussi intéressante que les autres, elle se représenta vêtue de sa nouvelle tunique. Mais elle ne réussit pas à faire des plis qui ressemblaient à des plis. Malgré tous ses efforts, la fille qu'elle dessina sur le papier avait l'air moche et toute rabougrie.

« J'ai tout gâché », se lamenta Anna. Elle referma la boîte de crayons.

Mme Williams s'approcha et vint se pencher par dessus son épaule.

— Qui sont ces gens, Anna? demanda-t-elle.

Lentement, Anna commença à lui expliquer en allemand.

Mme Williams ne l'interrompit pas pour lui demander de parler anglais, mais lorsqu'Anna désigna un personnage en disant *Mein Papa*, l'institutrice répondit :

— Ton père. Mon Dieu, qu'il est grand!

— Oui, répliqua Anna, en anglais, à demi-consciente d'avoir changé de langue. Elle était bien trop occupée à faire comprendre à Mme Williams qu'il s'agissait d'une journée de vacances.

— Ils sont partis… à la mer, bredouilla-t-elle en cherchant en vain le mot anglais pour « vacances ».

— C'est bien ce qu'il me semblait, répondit

Mme Williams.

Cette journée ne fut pas si horrible que ça. Pas une fois l'institutrice ne demanda à Anna de lire. Elle écrivit l'histoire d'Anna sur une autre feuille de papier, en grosses lettres bien noires. Anna lut chaque ligne à mesure qu'elle apparaissait. Elle ne paniqua pas. Pour elle, ce n'était même pas de la lecture.

Voici le père d'Anna. Il est
grand. Il est heureux.
La mère d'Anna est là aussi. Elle
est petite. Elle aussi est ravie.
Ils sont au bord de la mer.
Gretchen est la grande sœur
d'Anna.
Rudi est son grand frère.
Gretchen et Rudi sont heureux
au bord de la mer.
Frieda est l'autre sœur d'Anna.
Fritz, son autre frère.
Fritz et Frieda sont des
jumeaux.
Les jumeaux aussi sont ravis.
Anna est dans notre classe.
Nous sommes tous heureux
qu'Anna soit des nôtres.

— Tu aimes dessiner, n'est-ce pas? dit Mme Williams en prenant le dessin pour le regarder encore, souriant devant les couleurs vives, la fougue des jumeaux.

Anna ne répondit pas. Elle était trop surprise pour dire quoi que ce soit, même si elle avait su quoi dire. Elle avait toujours détesté le dessin à l'école. Mme Schmidt accrochait la photo d'une tulipe au tableau et les élèves devaient la dessiner. À une occasion, elle leur avait fait la faveur de leur apporter des vraies fleurs dans un vase. Cette journée-là, les autres avaient été contents de leurs dessins, mais sur celui d'Anna, les fleurs ressemblaient à des choux plantés sur des piquets.

— Franchement, Anna! avait dit Mme Schmidt.

En dessinant le portrait de sa famille, Anna avait complètement oublié cette expérience. Cela n'avait rien à voir.

Elle était encore sous le coup de la surprise, bouche bée, lorsque Mme Williams ajouta quelque chose, quelque chose de si ahurissant qu'Anna dut se pincer pour être bien sûre de ne pas rêver.

— Tu aimes lire aussi. Je m'en rends bien compte. Et ton anglais! C'est difficile de croire que tu es au Canada depuis si peu de temps. Tu es fantastique, Anna!

Si Mme Williams était surprise, que dire alors d'Anna Elisabeth Solden! Elle, Anna, aimer lire!

Elle aurait voulu éclater de rire, mais elle se retint. Elle n'osa même pas sourire ouvertement. Mais en même temps, quelque chose vibrait au fond de son cœur, quelque chose de chaud et de vivant. Elle était heureuse.

Elle se sentait aussi perdue. Elle ne savait pas comment se comporter. Jamais elle n'avait ressenti cela auparavant, du moins à l'école. Elle resta parfaitement immobile, son visage ingrat aussi fermé que d'habitude. Seuls ses yeux, qui clignaient derrière les épaisses lunettes, trahissaient son incertitude.

L'institutrice n'attendit pas qu'Anna réponde aux choses invraisemblables qu'elle venait de dire. Elle prit le dessin et l'histoire qu'elle avait écrite et alla les afficher sur le babillard, là où toute la classe pouvait les voir. Puis elle demanda à Benjamin de se lever pour venir lire le texte à haute voix.

— Des jumeaux? Fantastique! s'exclama Ben, les yeux pétillants.

Anna tourna alors son attention sur ce que faisaient les élèves des autres niveaux. Elle apprit des choses sur les explorateurs avec les plus grands. Mme Williams ne semblait pas dérangée quand les autres élèves écoutaient.

Après la pause de midi, l'institutrice remonta le gramophone et y posa un disque.

— Mettez-vous à l'aise pour pouvoir bien écouter, conseilla-t-elle à tous les élèves.

Encore des mots étranges! Anna attendit et observa ce qui se passait. Ben s'assit par terre et s'adossa au bureau de Mme Williams. Le garçon qui devait être Bernard se laissa glisser sur sa chaise jusqu'à ce qu'on ne puisse voir de lui que la tête qui dépassait de son pupitre. Mavis posa le front sur ses avant-bras repliés. Chacun s'étirait, se détendait, se couchait sur son pupitre.

Anna se redressa un peu plus sur sa chaise. Elle ne s'affaissa pas, ne se laissa pas glisser par terre. *Mais je me sens à l'aise,* se dit-elle.

Toutes ses inquiétudes s'envolèrent : le ruban de Gretchen, la peur que Mme Williams découvre à quel point elle était ignorante et stupide. Elle écoutait de toute son âme.

De la musique, une musique calme et légère, ricochait sur les murs de la classe.

— À quoi cela vous fait-il penser? demanda Mme Williams, une fois le morceau terminé.

— À la pluie, répondit Isobel. Elle était en quatrième année et portait d'épaisses boucles rebondissantes.

— C'est peut-être de l'eau, suggéra Ben.

— De l'eau de pluie, rétorqua Isobel en lui faisant la grimace.

— Non, je veux dire... l'eau d'un ruisseau, insista Ben, gardant son sérieux malgré les simagrées d'Isobel.

— Et toi, Anna, qu'en penses-tu? demanda Mme Williams.

Anna rougit. Elle n'avait pas eu l'intention de parler.

— J'ai entendu cette musique chez moi, expliqua-t-elle. Je sais comment elle s'appelle.

— Dis-le-nous, l'invita Mme Williams en souriant.

— C'est *Clair de lune...* commença Anna d'une voix hésitante. Mais...

Elle s'interrompit. Mme Williams patienta. Les autres attendaient aussi. Tous les visages tournés vers elle étaient amicaux. Elle prit une profonde inspiration et termina sa phrase :

— Moi aussi, je pense que ça ressemble à de la pluie, dit-elle.

— Ça s'appelle *Sonate au clair de lune,* et c'est de Beethoven, expliqua Mme Williams. Mais ce n'est pas Beethoven qui lui a donné ce nom. Il peut très bien avoir voulu évoquer la pluie.

— Ou un ruisseau, s'entêta Ben.

— Ou un ruisseau. Ou toute autre chose, reprit l'institutrice. Chacun de vous peut y entendre quelque chose de différent. Et c'est très bien. C'est à cela que doit servir notre imagination. Beethoven était un grand musicien. Il était allemand, comme Anna.

À ces mots, Anna leva la tête. On l'associait à Beethoven !

L'arithmétique n'était pas difficile. Dans cette classe, les chiffres étaient gros et lisibles, et ils restaient tranquilles quand on les regardait.

— Bon travail, Anna, commenta Mme Williams en regardant par-dessus son épaule.

Elle ne dit pas : « Qui pourrait deviner que tu es la sœur de Gretchen Solden ? » *Elle ne connaît même pas Gretchen,* songea soudain Anna. *Elle ne connaît aucun d'entre eux, elle ne connaît que moi.*

Un bref instant, elle se sentit perdue. Ses institutrices avaient toujours connu sa famille. Elle se redressa sur sa chaise.

Seulement moi, se répéta Anna.

Tout ce que cette institutrice allait penser d'elle dépendrait de ce qu'elle, Anna, ferait ou ne ferait pas. Cette idée la fit sursauter. Elle n'était pas sûre de l'aimer. Elle la balaya de son esprit et se concentra sur son arithmétique. Mais elle ne l'oublia pas pour autant.

La journée d'école terminée, elle marcha jusqu'à l'épicerie sans s'arrêter à la maison. Papa était très occupé. Elle attendit que les clients soient partis pour s'approcher de lui. Elle se pencha sur le comptoir.

— Alors, l'école, comment ça s'est passé, ma petite? demanda-t-il, plein d'espoir.

Anna savait quelle réponse il voulait entendre, mais elle ignora sa question.

— Papa, c'est quoi un défi?

Elle s'était répété le mot tout au long de la journée pour être bien sûre de s'en rappeler.

Papa se gratta la tête.

— Un défi, répéta-t-il. Eh bien… c'est quelque chose comme un pari à gagner. Quelque chose de spécial qui mérite qu'on se donne beaucoup de peine pour l'atteindre.

Anna réfléchit un instant.

— Merci, Papa, fit-elle en s'éloignant.

— Mais… et l'école? cria son père. Comment ça s'est passé?

— Très bien, lança Anna par-dessus son épaule.

Elle virevolta soudain et le gratifia de l'un de ses rares demi-sourires.

— C'était un défi, ajouta-t-elle.

« Quelque chose de spécial, répétait-elle sur le chemin de la maison. Le Dr Schumacher pense que je suis quelqu'un de pas ordinaire… comme Papa l'a dit… mais pourquoi un pari à gagner? »

Tout à coup, elle fit un petit saut à cloche-pied. Elle n'était pas malheureuse de retourner à l'école, le lendemain.

« C'est un défi », répéta-t-elle, à haute voix et en anglais, dans la rue déserte.

Ce mot lui plaisait.

11
Le deuxième jour

Anna marchait en regardant le mouvement de ses pieds. Un... deux... un... deux... Elle approchait de l'école. Peut-être qu'en levant les yeux, elle pourrait la voir. Elle garda les yeux baissés.

C'était un bon trajet à pied, mais on ne pouvait pas se perdre. Il suffisait de filer en ligne droite après avoir tourné à gauche sur la grande rue. Maman l'avait surveillée jusqu'à ce qu'elle tourne dans la bonne direction. Anna se sentait pourtant perdue.

Un... deux... un... deux...

Hier, tout le monde avait été gentil à l'école, parce qu'elle était la nouvelle. Aujourd'hui, elle allait redevenir Anna l'empotée. Finis les sourires de Mme Williams. *Aujourd'hui, elle va vouloir que je lise dans un livre*, se dit-elle en se préparant au pire.

— Salut, Anna! fit une voix de garçon.

Anna leva le nez sans réfléchir. *Quelle idiote je suis,*

pensa-t-elle aussitôt. Personne ne la connaissait. Ce devait être une autre Anna. Elle jeta un rapide coup d'œil autour d'elle. Aucune autre fille en vue. Seulement un garçon de grande taille sur le même trottoir qu'elle et qui arrivait de la direction opposée.

Anna baissa précipitamment les yeux et accéléra le pas. Elle était presque certaine de l'avoir vu la regarder en souriant, mais ses nouvelles lunettes lui jouaient probablement des tours. Elle ne connaissait pas ce garçon.

Ils se rencontrèrent dans l'allée qui conduisait à l'intérieur de l'école.

— Qu'est-ce qu'il t'arrive? Es-tu sourde? demanda le garçon.

Il riait un peu. Anna lui décocha un bref coup d'œil et se replongea dans la contemplation de ses souliers.

C'est Bernard, pensa-t-elle en se sentant soudain nauséeuse.

Elle n'en était pas certaine, mais c'était la meilleure hypothèse. Bernard était exactement de la taille de Rudi.

— Je ne suis pas sourde, répondit-elle d'une petite voix fluette.

— Très bien, dit le garçon. Hé! Pourquoi tu ne me regardes pas?

Docilement, elle leva la tête. Il riait encore. Parfois, quand Rudi la taquinait, il riait lui aussi.

— C'est mieux. Maintenant, je vais te faire une faveur.

Anna n'avait aucune idée de ce dont il parlait. Elle était

sûre à présent qu'il s'agissait bien de Bernard. Elle n'avait qu'une envie, se mettre à courir, mais il y avait dans la façon de parler du garçon une fermeté qui l'incitait à lui faire face et à attendre.

— Ce sera ta première leçon sur les bonnes manières au Canada, ajouta-t-il.

— Leçon? répéta-t-elle comme un perroquet.

Sa voix s'était quelque peu affermie.

— Ouais, leçon. Quand tu entends quelqu'un te dire « Salut, Anna! », tu réponds en lui disant « Salut » toi aussi.

Il s'arrêta. Anna le regardait avec des yeux ronds.

— Tu dis « Salut, Bernard! », souffla-t-il.

Anna restait coite, sans comprendre, sans oser prendre ses jambes à son cou.

— Dépêche-toi parce que sinon, on sera tous les deux en retard, la pressa-t-il. Ce n'est pas dur à dire, quand même!

— Salut, s'entendit chuchoter Anna.

Elle ne parvint pas à ajouter son prénom. Et puis, qu'est-ce que le mot « Salut » pouvait bien vouloir dire?

Bernard grimaça un sourire.

— C'est un début, commenta-t-il. À tout à l'heure, en classe.

Il fila devant. Anna lui emboîta le pas avec lenteur. Elle avait donc dû répondre correctement. Bernard n'avait pas été méchant avec elle. Mais qu'est-ce que toute cette affaire pouvait bien vouloir dire?

Elle était si déconcertée qu'elle en oublia sa peur jusqu'à ce qu'elle se retrouve à l'intérieur de l'école.

Et le cauchemar commença. Elle ne parvenait pas à retrouver sa salle de classe. Elle longea un couloir interminable, revint par un autre. Par les portes ouvertes, elle apercevait des groupes d'élèves mais ne reconnaissait personne. Plusieurs garçons et filles la dépassèrent précipitamment. Tous savaient exactement où ils allaient. Si l'un d'entre eux s'était arrêté, elle aurait pu lui demander son chemin, mais personne ne sembla la remarquer.

Une cloche retentit. Anna sursauta. Une seconde plus tard, toutes les portes étaient fermées.

Elle continua de déambuler le long des hautes portes closes. Elle s'efforçait de ne pas penser à Papa. Elle essayait de ne penser à rien. Elle marchait, marchait, marchait.

— Anna! Anna! Par ici!

Un bruit de pas précipités résonna derrière elle. Les pas d'un ange! C'était Isobel qui accourait, les boucles au vent, les yeux pleins de sympathie.

— Bernard nous a dit qu'il t'avait vue, alors nous avons pensé que tu t'étais perdue.

Isobel saisit la main glacée d'Anna et la serra.

— Je sais très bien ce que tu ressens, dit-elle à la nouvelle en la tirant par la main; le silence d'Anna ne semblait pas la déranger. La première semaine, je me suis perdue six fois. L'école est si grande et puis tous les couloirs se ressemblent. À la récréation, je te montrerai un truc pour retrouver ton chemin. Il suffit d'entrer par la bonne porte, tu montes deux escaliers, tu tournes à droite et tu y es. Et nous y voilà.

Miracle, elles étaient devant la porte de leur classe. On l'avait laissée ouverte. Personne ne travaillait. Benjamin n'était même pas à son pupitre. Il guettait leur arrivée dans l'embrasure de la porte. Une seconde plus tard, Mme Williams l'avait rejoint.

— Oh, Anna, je suis désolée de ne pas t'avoir attendue à l'entrée, dit-elle.

Anna se laissa conduire à sa place par Isobel et s'effondra sur sa chaise. Elle écouta. Visiblement, tous les élèves de la classe s'étaient déjà perdus au moins une fois dans l'école. Personne ne lui reprocha quoi que ce soit. Il n'y eut personne pour lui dire : « Idiote, pourquoi n'as-tu pas fait attention, hier! »

— Je me suis même perdu une fois en revenant des toilettes, raconta Ben, qui se mit à rougir.

Tout le monde éclata de rire. Ben ne sembla pas s'en formaliser. Il souriait lui aussi.

— Tu devais rêvasser, commenta Mme Williams.

— J'essayais d'imaginer comment on pouvait creuser un tunnel sous l'océan Atlantique, reconnut Ben.

Nouvel éclat de rire général. Anna cessa de trembler. *Peut-être qu'ici, au Canada, on a le droit de faire des erreurs*, pensa-t-elle.

— Bon, fini le bavardage, annonça Mme Williams.

Ben, regagne ta place.

Ben obtempéra. Mme Williams se dirigea vers le devant de la classe. Elle ouvrait la bouche pour parler quand une voix l'interrompit.

— Salut, Anna, lança Bernard.

Anna le regarda. Puis elle leva les yeux vers l'institutrice. Celle-ci, le sourire aux lèvres, attendait. Anna s'agrippa au rebord de son pupitre.

— Salut, Bernard, dit-elle d'une voix encore faible.

— Je lui apprends les bonnes manières canadiennes, expliqua Bernard.

Mme Williams ne sembla pas surprise.

— Très bien, fit-elle simplement. Levez-vous.

À l'heure de la récréation, Isobel n'oublia pas sa promesse. Ben les accompagna lui aussi. Ils emmenèrent Anna jusqu'à la porte d'entrée de l'école qu'elle devait emprunter.

— C'est la porte que tu prends quand tu arrives de chez toi, expliqua Isobel.

Anna la regarda tout étonnée. Comment Isobel pouvait-elle savoir où habitaient les Solden?

— J'ai entendu, hier, le Dr Schumacher donner ton adresse à Mme Williams, avoua Isobel. J'habite dans la même rue, à deux pâtés de maisons. Bon, écoute, tu arrives par ici...

— Marie qui louche... Marie qui louche! chantonna une voix dans la cour de récréation.

Anna n'avait aucune idée de ce que ces mots pouvaient vouloir dire. Quand elle vit Isobel se raidir, elle sut qu'ils la concernaient.

— Ne fais pas attention, Isobel, ignore-les, s'empressa de dire Ben. Fais comme si tu n'entendais pas, comme Mme Williams nous dit de le faire.

— Quatre-z-yeux! Quatre-z-yeux! entonna une autre voix sur la même note ironique.

Isobel referma la porte. Ils étaient tous les trois en sécurité. Elle gratifia Ben d'un sourire mal assuré.

— Ignore-les toi-même, Benjamin.

— Je les hais, souffla celui-ci entre ses dents serrées.

— Moi aussi… mais c'est pas ça qui va nous aider, répondit Isobel. Il faudrait qu'on soit bien plus grands.

Elle vit alors Anna la regarder d'un air ahuri.

— Elle ne comprend pas ce qu'ils disent, dit-elle à Ben.

Elle expliqua ce que signifiait loucher. Anna ne comprit pas tous les mots, mais les gestes étaient éloquents. C'est vrai qu'Isobel louchait par moments, mais elle avait de beaux yeux, bruns et tendres. Anna se souvint de l'éclat qui les animait ce matin, quand Isobel l'avait trouvée. Comme Ben, elle aussi détestait ceux qui insultaient Isobel.

« Quatre-z-yeux » voulait dire porter des lunettes. Ben indiqua chacun de ses yeux, puis chaque verre de lunettes en comptant à mesure.

— Quatre, conclut-il.

Anna regarda son visage si sérieux. Elle hésita.

Pouvait-elle se faire comprendre? Elle se lança.

— Peut-être… c'était je, fit-elle.

Ben appela Isobel à la rescousse.

— Qu'est-ce que tu dis? demanda Isobel à Anna.

Ce maudit anglais! Elle aurait dû savoir qu'elle n'y arriverait pas. Puis elle eut un éclair de génie. Elle se mit à imiter Ben, désignant à son tour ses yeux et ses verres de lunettes.

— Ohhh… s'exclamèrent en chœur Ben et Isobel, qui se mirent à rire.

Toute la tension avait disparu de leur visage.

— Bienvenue au club, annonça Isobel.

Elle entoura de son bras les épaules d'Anna et l'étreignit brièvement.

— Allez viens, il faut lui montrer le chemin jusqu'à la classe, lui rappela Ben.

Anna suivit ses deux guides. Elle ignorait ce que signifiait « bienvenue au club », mais elle était heureuse d'avoir essayé de parler anglais.

En grimpant les escaliers derrière les deux autres, elle se souvint des voix cruelles qui chantonnaient dans la cour de récréation et se renfrogna. Il existait donc des garçons comme Rudi au Canada aussi. Elle s'était trompée au sujet de Bernard, mais il y en avait d'autres.

Parce qu'elle s'était vraiment trompée au sujet de Bernard. Cet après-midi-là, une fois la classe terminée, il lui adressa à nouveau la parole.

— À bientôt, Anna, lui dit-il.

Bernard trouvait qu'Anna ressemblait à un chat perdu. Il en avait recueilli tellement que sa mère lui avait interdit d'en ramener un autre à la maison. À présent, il attendait qu'Anna lui réponde. Il ne la pressa pas. Il faut se montrer gentil et patient avec les chats errants.

Enfin, Anna ouvrit la bouche.

— À bientôt? lâcha-t-elle d'un ton interrogateur.

— Ça veut simplement dire « au revoir », expliqua le garçon.

Elle comprit. C'était la même chose qu'*Auf wiedersehen*, en allemand.

Il lui sourit et tourna les talons. Il l'oublia à la seconde même où elle disparut de son champ de vision.

Mais Anna ne l'oublia pas, elle. Tout le long du chemin jusqu'au magasin de Papa, elle ne cessa de penser à Bernard.

Une cloche tinta quand elle ouvrit la porte. Comme si le magasin l'accueillait : « Salut, Anna. » *C'est vrai que c'est un magasin canadien,* pensa-t-elle.

Papa était occupé. Anna ne s'en formalisa pas. Elle se dirigea d'un pas tranquille vers l'arrière-boutique obscure et se percha sur une caisse d'oranges. Ce coin sombre et paisible, malgré les multiples choses qui l'encombraient, elle en avait déjà fait son refuge. Même Papa n'avait pas toujours le temps de remarquer sa présence. Et c'était bon, de temps en temps, de passer inaperçue. Pour réfléchir, penser à des choses qu'on ne peut partager avec personne.

Elle pouvait voir Papa qui pesait un bloc de fromage pour une dame toute ronde. Elle le regarda compter des oranges et les déposer dans un sac. Mais son esprit était ailleurs.

« Salut, Bernard, chuchotait Anna. À bientôt, Bernard. »

Papa grimpa sur un escabeau pour aller décrocher une trappe à souris.

Je pourrais peut-être dire la même chose aux autres, songea-t-elle. « Salut, Isobel, à bientôt, Ben! » Sa propre audace lui coupa le souffle. Un de ces jours, elle pourrait le faire.

— Merci, monsieur Solden, fit la grosse dame en sortant.

Isobel a mis son bras autour de moi, songeait Anna.

Papa était la seule personne qui pouvait l'embrasser. Quand quelqu'un d'autre voulait le faire, Anna se crispait et se dégageait brusquement. Elle était incapable de le supporter. Même si parfois, elle aurait aimé qu'on l'embrasse.

— Anna n'est pas une enfant aimante, avait dit une fois Maman à tante Tania, quand Anna s'était esquivée pour échapper au baiser de sa tante.

Mais aujourd'hui, avec Isobel, les choses avaient été différentes. *Pas de chichis,* songeait-elle. C'était tout simple.

Papa s'était retourné. Il la cherchait des yeux dans la

pièce obscure. Anna attendit qu'il la déniche dans son coin. Il se sourirent de loin.

— Bon après-midi, Anna, lança son père.

Elle le regarda. Dans le monde entier, il n'y avait personne de plus gentil que lui. Il ne se moquerait pas d'elle, même si elle faisait une erreur. Papa ne riait jamais quand il savait qu'elle était sérieuse. Elle prit une profonde inspiration et se jeta à l'eau :

— Salut, Papa, répondit-elle bravement en anglais d'une voix forte.

C'était vraiment pas mal.

12
Un autre chemin

À présent, Anna empruntait chaque matin un autre chemin que les autres et rentrait un peu plus tard le soir. Elle ne parlait presque pas de l'école, et seulement quand on lui posait directement des questions.

— Et comment c'est, cette classe? voulut savoir Maman.

— Ça va, répondit Anna.

Maman leva les bras au ciel de dépit.

— C'est comme si on essayait de tirer de l'eau d'une pierre, gémit-elle.

— Est-ce que tu sais lire, maintenant? demanda Frieda.

Anna baissa vivement la tête pour que sa sœur ne voie pas son visage.

— Un peu, répondit-elle.

Elle ne sait toujours pas, songea Frieda, regrettant à présent d'avoir posé la question.

La première semaine d'école passa. Puis la seconde.

Et les autres n'avaient toujours pas la moindre idée de ce qu'Anna faisait en classe. Ils ne s'en étonnaient pas, habitués qu'ils étaient à ses humeurs, à ses silences. Ils se contentaient d'espérer que tout aille pour le mieux.

Papa la voyait plus que les autres parce qu'elle venait le rejoindre au magasin presque chaque après-midi. Il était très occupé, et n'avait donc pas beaucoup de temps pour essayer de la faire parler. Un après-midi, il l'entendit chantonner toute seule. Il s'approcha pour ranger des boîtes de soupe, en lui tournant le dos.

— Ô Canada, terre de nos aïeux, s'exerçait Anna à voix basse.

Papa en lâcha presque la boîte qu'il tenait à la main. Qu'arrivait-il donc à son Anna?

Bernard y était pour quelque chose. Ben aussi, très certainement. Isobel, qui avait pris Anna sous son aile, jouait elle aussi un rôle. Mais ce fut surtout Mme Williams qui réussit, à force de patience, à faire s'épanouir une nouvelle Anna.

La tâche n'était pas facile. Il fallut des semaines.

— Bon travail, Anna! complimentait l'institutrice chaque fois qu'elle pouvait honnêtement le faire.

Un jour, elle ajouta :

— Tu apprends si vite!

Anna crut d'abord que Mme Williams l'avait confondue avec une autre élève. Tout le monde savait qu'Anna l'empotée était d'une lenteur d'escargot. Lorsque l'institutrice le répéta à une autre occasion, Anna se rendit compte que c'était vrai. Maintenant qu'avec ses lunettes, les lettres et les chiffres étaient faciles à distinguer et à épeler, maintenant qu'elle pouvait voir ce qui était écrit au tableau, elle apprenait vite. Et même plus vite que Ben, parfois.

Assise à son pupitre, Anna jubilait devant son premier devoir d'arithmétique sans faute. Elle entendit soudain Mme Williams dire doucement :

— Quel beau sourire tu as, Anna!

Le sourire d'Anna disparut. Elle attendait la suite, quelque chose du genre : « Pourquoi ne souris-tu pas plus souvent, au lieu de bouder tout le temps? » Mais Mme Williams s'était tournée vers Isobel pour lui expliquer ce qui clochait dans sa division. Visiblement, elle n'avait pas l'impression d'avoir dit quelque chose d'étonnant.

Après cet épisode, Anna s'exerça à sourire. Au début, timidement et rarement. Mme Williams lui souriait toujours en retour, et avant qu'elle ait pu s'en rendre compte, tous les élèves le faisaient aussi. Le sourire de Ben était si contagieux qu'elle ne pouvait s'empêcher de lui répondre de la même manière. Des sourires encore fugitifs, mais qui apparaissaient de plus en plus souvent.

— J'aimerais tant avoir des fossettes comme les tiennes, Anna Solden, soupira un jour Mme Williams.

Et on pouvait voir qu'elle était sincère.

— J'ai toujours rêvé d'en avoir une.

Anna ignorait qu'elle avait des fossettes. Elle ne savait

même pas ce que c'était. Une fois qu'Isobel lui eut expliqué, elle promena son doigt sur sa joue droite. Elle sourit; il y en avait bien une. Elle cessa de sourire; la fossette disparut. Chaque fossette pouvait naître et disparaître en un clin d'œil. Anna rougit légèrement.

Et j'en ai deux, songea-t-elle.

Ce soir-là, pendant le souper, elle surveilla attentivement le visage de Frieda et de Gretchen. À un moment donné, Frieda finit par rire à une blague de Fritz. Et Gretchen se mit à sourire elle aussi. Ni l'une ni l'autre n'avait la moindre fossette.

Et puis un beau matin, à la mi-octobre, Mme Williams s'approcha du pupitre d'Anna, un livre à la main.

— J'ai un cadeau pour toi, Anna. Tu peux l'emmener où tu veux. Tu le trouveras encore trop difficile à lire, mais je crois que tu l'aimeras quand même. Ce sera pour toi un défi à relever.

Au mot « défi », le visage d'Anna s'illumina. Elle prit le livre dans ses mains. Sur la couverture était représentée la grande grille d'un parc. Entre les barreaux, on apercevait deux enfants.

— Au jar… d… jardi… commença-t-elle laborieusement, en fronçant les sourcils.

— Jardin, reprit l'institutrice pour l'aider.

— Au jardin des… poèmes… d'enfance, déchiffra triomphalement Anna. Poèmes… qu'est-ce que c'est?

— Des vers. Regarde, lui dit Ben.

Il lui prit le livre des mains, l'ouvrit et lui montra.

— Ohhh, *Gedichte,* fit Anna.

— L'homme qui a écrit ces poèmes n'avait ni frères ni sœurs, précisa l'institutrice en tirant une chaise pour s'asseoir à côté d'Anna. Il s'appelait Robert Louis Stevenson.

— Ce n'est pas lui qui a écrit ce poème sur une balançoire? demanda Jane.

Mme Williams fit un signe de tête affirmatif et sourit à Jane. Elle se mit à parler comme si elle leur racontait une histoire. Toute la classe écoutait.

— Il était gravement malade. Il a été malade toute sa vie. Et je crois qu'il était souvent très seul quand il était petit. Alors il jouait avec son imagination.

Imagination. Le mot avait beau être long, Anna savait ce qu'il signifiait. Mme Williams vénérait l'imagination. Pas plus tard que la veille, elle avait regardé un des dessins d'Anna, un géant qui enjambait un château, la tête au-dessus des nuages, et elle lui avait dit :

— Tu as énormément d'imagination, Anna.

Celle-ci ne s'était jamais demandé quelle imagination elle pouvait bien avoir, mais elle faisait confiance à Mme Williams. Sur ce chapitre, l'institutrice en connaissait un rayon.

Gretchen avait-elle de l'imagination? Après mûre réflexion, Anna décréta que non. Elle ouvrit son livre et commença à feuilleter les pages. L'institutrice s'éloigna.

— Essaie de résoudre ces problèmes, Ben.

Ben se remit au travail. Mme Williams alla s'occuper des quatre élèves de troisième année, qui se mirent à se réciter mutuellement leurs tables de multiplication.

Personne ne vint embêter Anna. Personne ne vint lui dire de fermer son livre ou de se lever pour en lire un extrait. Toute la matinée, elle put jouir de son cadeau, chercher à en déchiffrer les secrets et découvrir elle-même tous les trésors qu'il renfermait.

Effectivement, *c'était* la plupart du temps trop difficile pour elle. Mais elle réussit à comprendre le premier poème qu'elle essaya de lire. Il y était question d'avoir à se lever dans le noir, l'hiver, et d'avoir à se coucher alors qu'il fait encore clair, l'été. Maman ne badinait pas sur l'heure d'aller au lit. Anna comprenait parfaitement ce qu'avait ressenti Robert Louis Stevenson. Elle relut la dernière strophe, en hochant la tête.

> *Cela ne vous semble-t-il pas injuste*
> *Que j'aille me coucher*
> *Quand le ciel est encore bleu*
> *Alors que j'aimerais tellement jouer?*

Elle découvrit un autre poème ce matin-là, qui allait devenir son préféré. Il s'appelait « L'allumeur de réverbères ».

Isobel n'ayant qu'une idée très vague de ce que pouvait

bien être un allumeur de réverbères, Mme Williams vint à son secours. Elle leur fit une description des lampes à gaz qui éclairaient les rues au temps où Stevenson était encore un enfant, et leur parla de l'allumeur de réverbères, celui qui tous les soirs venait les allumer.

— Tu sais, Anna, moi aussi j'adore ce poème, avoua-t-elle en souriant avant de retourner donner un coup de main aux élèves de sixième année qui étudiaient leur géographie.

Anna lut d'un bout à l'autre la strophe du milieu.

> *Tom peut bien être chauffeur et*
> *Maria aller à la mer*
> *et mon papa, un banquier aussi*
> *riche qu'il veut;*
> *moi, quand je serai plus costaud et*
> *que je pourrai choisir que faire,*
> *Oh Leerie, je ferai le tour, la nuit, et*
> *j'allumerai les lampes avec toi!*

— Qui étaient Tom et Maria? demanda-t-elle, interrompant la leçon de géographie.

Mme Williams ne lui fit aucune remontrance.

— Peut-être ses cousins, répondit-elle. Il lui arrivait de jouer avec eux.

Que Maria veuille aller au bord de la mer fit sourire Anna. Elle pensa demander à Mme Williams si M. Stevenson était devenu plus tard allumeur de réverbères. Mais la question n'était pas vraiment utile. Il était devenu poète. Elle arriva aux vers qui lui plaisaient le plus :

> *Oh! Avant que tu te hâtes avec*
> *ton échelle*
> *et ta lumière blanche,*
> *Oh! Leerie, vois le petit enfant et*
> *fais-lui signe, ce soir!*

Elle attendit, cette fois, que l'institutrice la remarque. Mme Williams semblait avoir des antennes.

— Oui, Anna? demanda-t-elle.

— Pensez-vous que Leerie a *vraiment* pu voir le petit garçon, Mme Williams?

Anna avait mis toute son âme dans ces mots.

— Oui, répondit simplement Mme Williams. Je pense que c'est pour cette raison que M. Stevenson s'est souvenu de lui après tant d'années. Est-ce que je peux le lire aux autres?

Anna tendit le livre.

— Tu pourrais peut-être m'aider, ajouta l'institutrice. Penses-tu pouvoir lire la dernière strophe?

Personne n'avait jamais invité Anna à lire à haute voix. Mme Schmidt lançait des ordres, pas des invitations.

— Je vais t'aider si c'est trop difficile, la rassura Mme Williams, qui commença :

Mon thé est presque prêt et le soleil
   a quitté le ciel;
Il est temps de me poster à la fenêtre
pour voir passer Leerie;

Tout le monde écoutait, même les deux grands de septième année.

— À toi, Anna, fit Mme Williams.

Anna, la gorge serrée, commença à lire la dernière strophe. Elle l'avait lue et relue plusieurs fois. Elle trébucha à peine.

Car nous sommes bien… heureux
   d'avoir une lampe
   devant la porte…
Et Leerie… fait halte pour l'allumer…
   comme il
   en allume… tant.

Deux vers de plus et le tour était joué. Mme Williams ne l'avait pas aidée une seule fois. Anna leva les yeux, le visage rayonnant.

— C'est très bien, Anna, commenta Mme Williams.

À l'heure du midi, Anna se dirigea vers le bureau de l'institutrice, le livre à la main.

— Est-ce qu'il est vraiment à moi? demanda-t-elle, incapable d'y croire.

— Il t'appartient. Tu peux l'emmener chez toi.

— Je te l'avais dit, lui rappela Ben. Elle donne un livre à tout le monde. Moi, c'était *Le Magicien d'Oz*.

— Merci, dit Anna.

Elle aurait dû remercier Mme Williams tout de suite. Et à cause de l'embarras qu'elle éprouvait, son merci semblait raide et guindé. Pourtant, l'institutrice lui sourit. Mais ce sourire s'évanouit deux secondes plus tard. Anna était allée ranger son livre dans son pupitre.

— Anna, je t'ai dit que tu pouvais l'emmener chez toi, répéta-t-elle.

Anna se retourna. Son visage était de marbre.

— Est-ce que je peux le laisser ici?

— Tu ne préférerais pas l'emporter avec toi?

— Non.

— Très bien. Tu peux faire ce que tu veux, tu sais. C'est ton livre, la rassura Mme Williams.

Une fois de plus, elle se demanda ce qui n'allait pas chez les Solden. Elle avait demandé à Franz Schumacher, et celui-ci s'était montré aussi perplexe.

— Ils ont l'air d'une famille heureuse, sauf pour Anna, avait-il dit. Bien sûr, c'est la plus jeune, mais cela n'explique pas qu'elle soit un vrai… porc-épic. Peut-être que c'est parce que personne n'a compris qu'elle voyait si mal.

Anna quitta la classe pour s'en aller déjeuner chez elle. Le nouveau livre l'attendait dans son pupitre. Mme Williams attendait aussi. Allait-elle devoir recommencer tout à zéro pour vaincre la méfiance d'Anna, l'amadouer assez pour faire renaître sur son visage ce timide sourire?

Mais à son retour en classe, Anna avait rabattu tous ses piquants. Elle regagna sa place en hâte, le visage tout animé, pleine d'impatience. Elle sortit immédiatement son livre neuf.

D'abord, elle relut les poèmes qu'elle avait réussi à comprendre le matin. Puis elle en attaqua un nouveau. C'était plus difficile. Elle ne parvenait même pas à lire le titre. Elle déchiffrait les mots lentement, en bougeant les lèvres, en chuchotant les syllabes.

— Escapade... à... l'heure... du lit.

Elle appela Isobel à la rescousse, mais elle ne voulait qu'un petit peu d'aide. Elle tenait à lire le poème toute seule. Ce livre était magique, avec ses poèmes qui sonnaient comme de la musique, ses illustrations superbes. Et c'était tout un défi.

Comme moi, songea Anna Solden avec satisfaction.

13
Après l'école

Vers la fin du mois d'octobre, Papa commença à avoir besoin d'aide au magasin, mais il n'avait pas les moyens d'embaucher quelqu'un. Un soir, il rentra si fatigué qu'il fut incapable de manger. Il s'affala à table, la tête dans les mains, et lorsque Maman lui apporta son assiette, il la repoussa :

— Pas maintenant, Clara, je ne peux tout simplement pas.

C'est là que Maman décida d'intervenir.

— Je sais ce dont tu as besoin, dit-elle en se laissant tomber sur la chaise en face de lui.

— Quoi? fit Papa sans même lever les yeux.

Maman hésita. Cela ne lui ressemblait guère de ne pas trouver ses mots. Les enfants étaient en train de terminer leur dessert. Tous les cinq tournèrent la tête vers elle, tandis que Papa gardait les yeux baissés. Le teint de Maman semblait plus coloré que d'habitude, ou bien se pouvait-il qu'elle soit troublée? Fritz donna un léger coup de pied à Frieda, qui le lui rendit pour lui signifier qu'effectivement, il y avait quelque chose dans l'air.

Maman s'éclaircit la voix. Anna la vit se tordre nerveusement les mains.

— Oui, Clara? demanda Papa, curieux lui aussi à présent. Et de quoi est-ce que j'ai besoin?

— De moi, répondit Maman.

Ces deux mots brefs, qui avaient claqué comme un coup de fusil, furent suivis d'un torrent de paroles. Maman expliqua de quelle manière elle pouvait l'aider. Le magasin avait besoin d'un ménage. Elle s'en était aperçue depuis longtemps. Et elle savait comment disposer les légumes. Elle avait été première de sa classe en tenue de livres. C'est vrai que cela remontait à des années et elle savait bien que les choses avaient changé, et peut-être qu'il ne voudrait pas d'elle. Il n'avait qu'à le dire. Elle comprendrait. Mais tous les enfants allaient à l'école, elle ne connaissait personne ici et n'avait rien à faire…

Fascinée, Anna regardait sa mère. Elle était sûre qu'elle n'avait pas une seule fois repris son souffle. Il fallait qu'elle ralentisse, parce qu'elle risquait d'exploser.

Papa se leva. Il fit le tour de la table et se pencha pour appliquer un baiser sonore sur la joue de sa femme, interrompant aussitôt le flot de paroles.

— Tu seras un cadeau du ciel, dit-il.

Maman commença dès le lendemain. Après l'école,

Anna passa au magasin comme à l'habitude. Papa, en entendant tinter la sonnette, se retourna et voyant que c'était elle, l'accueillit d'un large sourire.

— Ta mère sait bien mieux tenir un magasin que moi, annonça-t-il fièrement. Jette un coup d'œil. Tu vas voir comme elle est douée.

Anna promena son regard autour d'elle. Il avait raison. La boutique était déjà plus claire. Maman avait changé les ampoules électriques. Les coins sombres avaient presque tous disparu. La poussière aussi.

Plantée sur le seuil, Anna regardait. Maman remarqua sa présence.

— Ne bloque pas l'entrée, mon enfant, lui dit-elle.

Avec les clients qui entraient, Maman se comportait comme si elle avait fait ça toute sa vie. Son anglais était certes boiteux, mais elle ne se privait pas pour autant de conseiller les clientes sur les articles intéressants et de leur vanter la fraîcheur de ses œufs. À une occasion, elle se trompa et dit que ses œufs étaient très crus plutôt que très frais. La cliente se moqua d'elle :

— Vous savez, je n'ai pas l'habitude d'acheter des œufs cuits!

Maman essaya de corriger son erreur, mais elle s'énerva, incapable de trouver le mot qu'il fallait. La dame lui tourna le dos comme si elle n'existait pas et se mit à tâter les fruits, à retourner les pommes pour les remettre à leur place.

Je sais ce que tu ressens, Maman, pensa Anna. Je le sais

parfaitement.

Si sa mère n'avait pas entamé une conversation avec quelqu'un d'autre, Anna serait allée vers elle pour lui révéler son secret. À la maison, elle s'exprimait encore en allemand, mais à l'école, elle parlait maintenant anglais tout le temps. Enfin, presque. Elle pensait faire bientôt la même chose à la maison. Elle imaginait la surprise de sa famille. Mais elle voulait attendre encore. D'abord, il fallait que son anglais soit parfait. Il n'était pas question que Rudi lui reproche la moindre erreur, aussi minime soit-elle.

— Anna, fais attention, tu vas renverser ces boîtes de conserve, lança Maman.

Anna secoua la tête, lui assurant que non. Puis elle rentra à la maison. Elle n'était plus chez elle au magasin. La poussière avait peut-être disparu, mais la tranquillité aussi. Sans ces recoins sombres et poussiéreux, sans la paix ni la possibilité d'avoir Papa à elle toute seule durant quelques minutes, quelle raison aurait-elle eue de rester?

Le lendemain après-midi, elle rentra de l'école en lambinant le plus possible. Elle n'était pas pressée d'arriver à la maison. Elle était encore trop jeune pour jouer avec les autres, avec ou sans lunettes. Il lui arrivait maintenant de les regarder en se disant qu'elle serait capable de faire ce qu'ils faisaient si seulement ils l'invitaient dans leurs jeux. Ils ne comprenaient pas à quel point son univers avait changé. Ils n'avaient jamais pensé le lui demander.

— Anna, tu ne vas pas au magasin?

Hors d'haleine, Isobel l'avait rejointe sur le trottoir qu'elle-même longeait à la vitesse d'un escargot.

Anna traînait les pieds, le nez baissé. Elle secoua la tête.

— Alors je t'accompagne, dit Isobel.

La tristesse enveloppait encore Anna comme un voile épais. Pendant un moment, elle n'entendit pas vraiment ce qu'Isobel lui proposait et resta complètement muette. Isobel s'arrêta.

— Tant pis, dit-elle, encore perplexe. J'ai cru que ça te ferait plaisir.

Anna comprit soudain. Presque trop tard. Elle secoua sa tristesse, et son regard s'illumina.

— Ça me fait très plaisir, Isobel. C'est vraiment gentil de ta part.

Isobel ne se formalisa pas du ton guindé. Elle connaissait Anna. À partir de ce jour, elles rentrèrent presque toujours ensemble de l'école. Tout occupée à écouter le bavardage incessant d'Isobel, Anna n'avait plus grand temps pour regretter ses incursions au magasin. Plus âgée qu'elle, Isobel était au courant de tout. Elle raconta à Anna que le père de Ben était violoniste dans un orchestre et qu'il travaillait parfois comme serveur. Elle lui expliqua ce qu'était l'Halloween. Elle potina à propos de Mme Williams :

— Je pense qu'elle est en amour, suggéra Isobel.

— Tu crois? s'exclama Anna, bouche bée. Et avec qui? Pour une fois, Isobel se déroba.

— Je ne suis pas certaine, répondit-elle mystérieusement, mais j'ai ma petite idée.

Anna hocha sagement la tête. Isobel ne voulait simplement pas le dire.

La première fois qu'Isobel lui demanda de venir chez elle rencontrer sa mère, Anna résista. Même accompagnée de son amie, elle ne se sentait pas le courage d'entrer dans une maison inconnue et d'affronter des adultes qu'elle ne connaissait pas.

— Allez, *viens!* insista Isobel en la tirant par la manche. Elle ne va pas te manger! Elle va plutôt te donner à manger!

Une fois dans l'entrée, Anna essaya de se cacher derrière son amie.

— Ma-man! hurla Isobel dans la maison silencieuse.

Madame Brown apparut et son sourire ressemblait tant à celui de sa fille que la nouvelle Anna ne put s'empêcher de lui rendre bravement son sourire.

— Anna, je suis si contente de faire ta connaissance, dit Mme Brown.

J'ai peut-être meilleure allure, songeait Anna, rendue muette par la timidité, mais qui n'en continuait pas moins de sourire. Pourtant, son apparence n'avait pas changé. Elle avait seulement des lunettes.

Et des fossettes, se rappela-t-elle.

Elle était persuadée qu'elle n'avait pas de fossettes quand elle vivait en Allemagne. Mme Brown coupa court à ses réflexions.

— Je vous prépare une tartine de beurre avec de la cassonade?

Anna se rendit compte qu'elle avait l'estomac dans les talons.

— Oui, s'il vous plaît, répondit-elle comme si elle connaissait la mère d'Isobel depuis toujours.

Les deux fillettes prirent désormais l'habitude d'aller prendre une collation chez Isobel presque chaque jour. Anna, qui se rendit compte après une ou deux semaines que c'était à sens unique, demanda à Papa si elle pouvait inviter Isobel à passer de temps en temps au magasin pour manger quelque chose.

— Bien sûr, répondit Papa sans hésiter. Quand tu veux.

Maman posa davantage de questions, comme Anna s'y attendait. Jamais elle ne leur avait amené une amie auparavant. Parce qu'elle n'en avait pas.

— Comment est-elle, cette Isobel? demanda Maman. Est-ce qu'elle est allemande?

— Tu verras. Non, elle n'est pas allemande, fut tout ce qu'Anna put répondre.

Elle savait que Papa allait aimer Isobel. Elle craignait que Maman soit rebutée par sa façon de loucher. Mais Maman l'accueillit avec un sourire aussi chaleureux que celui dont l'avait gratifiée Mme Brown.

— Voilà des biscuits à l'avoine, leur offrit-elle. Un pour chacune.

Elle leur en réserva une boîte qu'elle rangea derrière le

comptoir.

— Ta mère est gentille, lui confia plus tard Isobel tandis qu'elles grignotaient leurs biscuits pour les faire durer le plus longtemps possible.

Anna croqua le coin de son biscuit.

— Oui, répondit-elle, elle est gentille.

Elle faillit ajouter : « Pas autant que Papa », mais elle se retint. Cela lui semblait injuste, même si c'était ce qu'elle ressentait. Maman leur avait donné les biscuits.

Un après-midi du mois de novembre, alors qu'elles étaient presque arrivées chez les Brown, Isobel fit une confidence à Anna :

— Quand j'étais petite, Maman me donnait un verre de lait avec mon goûter. Et elle me demandait toujours si j'en voulais plus.

Anna écoutait en silence.

— Mais l'an dernier, quand Papa ne trouvait pas de travail, elle ne me donnait plus rien du tout, confia Isobel en baissant la voix.

Anna prit le temps de digérer l'information. C'était à elle de dire quelque chose.

— C'est l'argent, dit-elle. Mon père et ma mère aussi, ils se font du souci à cause de l'argent. Rudi raconte que quand il était petit, il pouvait avoir tous les biscuits qu'il voulait. Mais c'est possible qu'il mente.

Isobel hocha la tête. Soudain, son visage s'éclaira :

— Mais nous allons fêter Noël cette année, quoi qu'il

arrive. Maman l'a promis.

Anna s'immobilisa au milieu du trottoir, les yeux ronds.

— Mais on fête toujours Noël! protesta-t-elle.

— Pas l'an passé, répondit Isobel. Oh, nous avons eu chacun quelque chose, un vêtement. Mais c'est tout. Papa nous a dit qu'il était désolé, mais que ça ne servait à rien d'accrocher nos bas de Noël. Il nous a dit que la Dépression avait aussi frappé le père Noël.

Anna dut se faire expliquer bien des choses. Elle n'avait jamais accroché de bas de Noël. Elle comprit très vite que le père Noël était saint Nicolas, *der Weihnachtsmann*. Elle ignorait ce qu'était la Dépression. Isobel put l'éclairer sur les deux premiers points, mais tout ce qu'elle savait de la Dépression, c'est que son père avait perdu son emploi et qu'il n'y avait plus d'argent à la maison. Il avait retrouvé du travail à présent.

— Il travaille pour mon oncle, expliqua Isobel. Ils sont croque-morts.

— Croque… quoi? demanda Anna.

Les joues d'Isobel s'empourprèrent mais elle sourit.

— Voilà un mot qu'il faut que tu connaisses, Anna Solden.

Et elle lui expliqua.

Isobel devait expliquer toutes sortes de choses à Anna. C'était parfois fatigant, mais elle s'en moquait parce qu'Anna se souvenait de tout ce qu'on lui disait. Celle-ci marmonnait chaque nouveau mot pour elle-même, et tout de suite après, on pouvait l'entendre l'utiliser quand elle parlait à Ben ou même à Bernard. Isobel, qui vénérait Bernard, aurait bien aimé savoir comment Anna s'y était prise pour devenir si proche de lui.

— Croque-mort, murmurait Anna. Croque-mort.

Les yeux d'Isobel pétillèrent de malice. Elle espérait bien être là quand Anna utiliserait ce mot pour la première fois. Anna leva les yeux, et voyant son amie rigoler, se mit à rire elle aussi. Quand elle était avec Isobel, la benjamine de la famille Solden avait le rire facile.

Ce soir-là, à l'heure du souper, Gretchen annonça à son père :

— Papa, il me faut des patins!

Papa ne répondit rien. Gretchen se pencha vers lui.

— Toutes les filles font du patin. Elles en parlaient aujourd'hui. Quand la glace sera assez épaisse, elles vont toutes aller patiner.

— Attends un peu, lui dit son père, ce sera bientôt Noël.

Gretchen trouvait que Noël était encore à des années-lumière, mais elle retint sa langue. Elle savait que ses parents avaient des soucis d'argent. Elle aurait aimé revenir à l'âge d'Anna. *Mais regardez-la, celle-là! Elle rayonne littéralement!* Gretchen aurait aimé la gifler.

— Ça n'a rien de drôle, Anna, fit-elle d'un ton glacial. Alors arrête tes simagrées!

— Gretchen, fit Papa d'un ton menaçant.

— Je suis désolée, marmonna Gretchen, qui aurait voulu avoir le cran de gifler sa petite sœur.

Rudi, qui avait déjà échangé sa collection de timbres contre une paire de patins usagés, lui lança un regard de sympathie. Il savait, lui, ce qui comptait au Canada, même si les autres l'ignoraient.

Personne ne se douta qu'Anna souriait parce que Papa avait dit : « Ce sera bientôt Noël. » Eux qui savaient tant de choses n'auraient jamais imaginé qu'il puisse ne pas y avoir de Noël. Anna, après sa conversation avec Isobel, savait que la chose était possible. S'il n'y avait pas d'argent, il n'y aurait pas de Noël.

Mais Papa leur avait pratiquement promis. Gretchen ou pas, Anna garda le sourire.

Elle surprit le regard inquiet de son père. Peut-être pensait-il qu'elle aussi voulait des patins. Mais ce n'était pas le cas. C'est Noël qu'elle attendait, tout simplement, la magie du sapin décoré, les chants, les bonnes choses à manger et toutes les odeurs de Noël, et cette intense gaieté dans toute la maison. Tout cela la rendait heureuse.

— Le chapitre des patins est clos, dit Maman. Qui veut faire la vaisselle? Qui veut être mon enfant chéri?

Elle riait, s'amusait à les taquiner.

— Tu sais ce que je crois, Clara? lui dit Papa, tandis que la tension disparaissait de son visage. J'ai l'impression que ça te réussit de travailler toute la journée au magasin. Tu redeviens comme avant.

— C'est bien possible, fit Maman. Mais en attendant, je n'ai toujours personne pour faire la vaisselle.

Finalement, Gretchen se porta volontaire. De toute façon, c'était à son tour. Mais plus tard, quand Rudi sortit les poubelles sans qu'on le lui demande, quand Frieda décida de recoudre elle-même le bouton qui manquait à sa blouse, lorsque Gretchen aida Maman à nettoyer l'argenterie qui avait fini par arriver de Francfort, quand Fritz chanta à sa mère des chansons allemandes, chacun à son tour se mérita l'honneur d'être « l'enfant le plus cher ». La vie reprenait son cours normal. Et même Anna s'en trouvait heureuse.

Non pas qu'elle-même fût devenue l'enfant la plus chère.

— Anna, dépêche-toi de mettre la table, ordonna Maman le lendemain soir.

Il y avait encore quelque chose, dans le ton de sa voix, qui laissait entendre qu'elle était trop lente. Anna, en voulant aller trop vite, plaça les fourchettes et les couteaux tout de travers, et une cuillère à l'envers.

— Oh, Anna, soupira Maman alors qu'ils prenaient place. Quand vas-tu apprendre à faire attention?

Anna agrippa sa fourchette et sentit monter une vague de colère. Maman ne lui avait-elle pas dit de se dépêcher? Elle se mit à manger en silence, courbée sur son assiette de soupe.

— Et redresse-toi, ajouta Maman. Tu as déjà le dos tout rond.

Elle venait juste de dire à Fritz de manger moins vite, mais Anna n'y avait pas fait attention. *C'est toujours moi qui ai droit aux remarques,* bouillonnait-elle. Elle ne redressa pas le dos.

Fritz aussi était piqué au vif. Lui aussi trouvait le traitement injuste. Il jeta un regard en biais vers le visage furieux de sa petite sœur.

— Oui, mais moi, au moins, je parle anglais, déclara-t-il vertueusement.

C'en était trop. Anna, qui ne rétorquait jamais quand ils se moquaient d'elle, qui demeurait stoïque face à ses bourreaux, oublia la stratégie du silence qu'elle avait mise au point sous le règne de Mme Schmidt. Elle explosa :

— Toi, tais-toi! hurla-t-elle à Fritz qui n'en crut pas ses oreilles. Tais-toi, tais-toi, TAIS-TOI! répéta-t-elle pour qu'il comprenne bien le message, et en anglais, par-dessus le marché!

Elle se leva d'un bond, quitta la table précipitamment et grimpa l'escalier quatre à quatre jusqu'à son alcôve. Elle se jeta sur son lit et enfouit son visage dans l'oreiller.

Cette fois-ci, personne ne viendrait la rejoindre. Chez les Solden, on ne sortait pas de table sans l'autorisation de Papa. Jamais de toute sa vie elle ne s'était montrée aussi mal élevée. Et elle n'avait pas détesté ça, loin de là. L'expression de Fritz, ses yeux ahuris, lui revinrent en mémoire et elle fut prise d'un fou rire. Mais elle se figea soudain. Avait-elle mis Papa en colère?

Si elle était redescendue sans bruit, elle aurait pu entendre celui-ci ordonner aux autres de ne plus la taquiner ni la tourmenter.

— Je vous l'ai dit et redit, elle est plus jeune que vous. Tu sais, Fritz, elle parle anglais avec sa copine. Je l'ai entendue. Et à la maison, on pourrait tous parler allemand de temps en temps. Ce serait dommage de perdre notre langue.

Anna, trop loin pour entendre, se disait de son côté qu'elle se moquait pas mal de ce que pensaient les autres. Tout ce qui comptait, c'est que son père ne soit pas trop fâché.

Soudain, son regard s'illumina. Et elle se mit à chanter, tout bas, à l'intention de Fritz, de Maman et de tous ceux qui la tourmentaient :

> *Que les tyrans me prennent*
> *Et me jettent en prison,*
> *Mes pensées, ignorant les chaînes*
> *Comme fleurs au printemps jailliront.*
> *Les fondations en trembleront*
> *Et les murs s'écrouleront*
> *Et les hommes libres pleureront*
> Die Gedanken sind frei.

14
Rudi convoque une réunion

Partout dans Toronto, les vitrines et les lumières multicolores, les émissions de radio et le défilé du père Noël annonçaient aux enfants la venue de Noël. Fritz et Frieda devaient chanter un duo en allemand à l'occasion du concert de Noël de leur école. Rudi avait demandé un chien. Il demandait un chien tous les ans, même si les enfants, et lui le premier, savaient parfaitement qu'il n'en aurait pas. Maman disait qu'avec cinq enfants, la ménagerie était au complet.

Arriva la première neige, qui fondit en milieu de matinée. La seconde bordée tomba en gros flocons, recouvrant pendant des jours le sol d'un mince tapis qui ressemblait à du sucre.

— Est-ce qu'ils ont des sapins de Noël, ici? demanda Clara à son mari.

Ses yeux brillaient de malice. Anna, persuadée que Maman blaguait, sentit néanmoins la peur l'envahir jusqu'à ce que Papa réponde :

— Bien sûr qu'ils en ont!

Mais malgré ce ton sans réplique, malgré la neige, les chants de Noël et le bavardage sur le chien qu'ils n'auraient jamais, malgré tous les signes qui annonçaient l'imminence de Noël, un malaise persistait dans la maison. Les enfants essayaient de faire comme si de rien n'était. Après tout, Maman et Papa parlaient eux aussi de Noël, sauf que ce n'était pas comme avant. Les autres années, ils participaient avec enthousiasme aux préparatifs. Cette fois-ci, ils se contentaient de se lancer des regards discrets et gardaient le silence.

— Rudi, qu'est-ce qui se passe avec Maman et Papa? demanda Fritz, exprimant enfin l'inquiétude de tous.

— Je ne sais pas trop, répondit Rudi pensivement.

Moi, je sais, pensait Anna. Elle se tut parce que Rudi était l'aîné. C'était à lui de donner son avis sur des questions de cette importance. Mais peut-être lui manquait-il quelqu'un comme Isobel, pour lui expliquer.

C'est la Dépression, pensait Anna avec raison. *Ils n'ont pas assez d'argent.*

C'est Gretchen, et non Rudi, qui devina. Deux jours plus tard, alors que les enfants étaient seuls à la maison, elle mit les choses au point.

— Les gens n'achètent pas assez de choses à l'épicerie. J'ai l'impression que Papa et Maman n'ont pas assez d'argent pour nous offrir le même genre de Noël qu'à Francfort.

Elle termina sa phrase par un bruyant soupir. Anna

savait que sa grande sœur venait de voir s'envoler son rêve de patins à glace. Rudi jeta un regard noir à Gretchen.

— Eh bien, je ne vois pas ce qu'on peut y faire, dit-il en se laissant tomber dans le fauteuil de Papa. Nous sommes tous obligés d'aller à l'école.

— Si j'étais· assez vieux, j'abandonnerais l'école et j'irais travailler, annonça Fritz.

Il y avait tant de regret dans sa voix que les autres éclatèrent de rire. Fritz n'aimait pas l'école, c'était bien connu! Sans l'aide de Frieda, il aurait eu des résultats épouvantables. Il n'était pas bête, mais il était paresseux.

— Nous serions tous heureux de lâcher l'école, espèce d'idiot! lui lança Rudi.

Pas moi, songea Anna. Elle qui avait si longtemps rêvé d'un monde sans école. C'était si étrange d'imaginer combien cela lui manquerait à présent.

— Demain, on se creuse tous les méninges, ordonna Rudi. Dans les livres, les enfants trouvent toujours des trucs pour sauver leur famille de la famine. Rendez-vous ici, aussitôt après l'école, pour voir ce qu'on a comme idées. Il doit bien y avoir un moyen!

Le lendemain matin, au petit déjeuner, Rudi avait déjà trouvé quelque chose.

— Qu'est-ce que c'est, Rudi? demanda Frieda en aparté, pendant que Maman était retournée à la cuisine.

Papa était parti à l'épicerie bien avant que les enfants ne soient descendus.

— Chuuut, fit Rudi en fronçant les sourcils.

Maman revenait.

— Dépêchez-vous de rentrer, ce soir. Je vous le dirai.

Maman, qui pouvait d'habitude lire leurs moindres pensées, sembla ne pas se rendre compte de leur excitation quand ils partirent pour l'école. Lorsqu'Anna ferma la porte derrière elle, Maman attrapait déjà son manteau dans le placard. Chaque matin, elle filait au magasin dès qu'ils étaient partis.

Cette journée-là, Anna essaya de penser à quelque chose, mais elle avait un nouveau poème à apprendre par cœur et elle dut montrer à Ben comment faire des retenues dans ses additions. De toute façon, Rudi avait déjà trouvé une idée.

— Il faut que je rentre tout de suite, souffla-t-elle à Isobel à la sortie de l'école avant de filer à toutes jambes à la maison.

Mais elle arriva quand même en retard. Elle avait plus de chemin à faire que les autres, et les trottoirs étaient glissants. Ils allaient commencer sans elle, bien entendu. Mais elle arriva tout de même hors d'haleine à la maison. Dans l'entrée, tandis qu'elle se débarrassait en hâte de son écharpe, de son manteau, de ses mitaines et de son bonnet, elle tendit l'oreille.

Rudi était au beau milieu d'un discours. Elle pouvait l'entendre pérorer en arpentant la pièce d'un air important. Papa faisait la même chose parfois.

— Voilà ce que nous allons faire, déclara-t-il. Cette année, c'est nous qui leur ferons des cadeaux, et Papa pourra économiser l'argent qu'il nous donne à chaque Noël. Quand ils voudront t'en donner, Gretchen, tu n'auras qu'à leur répondre : « Merci, mais cette année, nous allons nous arranger. » Plus j'y pense, et plus je suis certain que c'est surtout de ça qu'ils ont peur, de manquer d'argent pour Noël. Vous savez, on fait durer nos vêtements et tout le reste plus longtemps. Et Maman est plus attentive au prix de la nourriture. Donc, c'est l'histoire des cadeaux qui doit les inquiéter. Je propose qu'on ne se fasse pas de cadeaux entre nous.

Tout le monde se mit à parler en même temps. Le visage d'Anna, qui rangeait ses mitaines dans la poche de son manteau, s'éclaira d'un sourire. Bravo, Rudi!

— Bonne idée!

Sans le savoir, Fritz était du même avis qu'elle.

— Je n'ai pas besoin de toi pour savoir quoi dire à Papa, fit Gretchen en levant le nez.

Anna, depuis l'entrée, la vit grimacer un sourire à son grand frère.

— Mais c'est vrai que c'était bien, ce que tu proposais, admit-elle. Redis-le-moi.

Tandis que Gretchen répétait son rôle sur un ton qui manquait totalement de naturel et qu'Anna se penchait pour défaire ses couvre-chaussures en caoutchouc, les jumeaux réclamaient bruyamment l'attention.

— Mais Rudi, on ne sait rien faire de nos dix doigts.

Anna frissonna soudain. Elle essayait de défaire l'autre caoutchouc, dont la boucle résistait. Qu'allait bien pouvoir répondre Rudi?

— Pouvez-vous gagner un peu d'argent? s'enquit-il.

— Eh bien… peut-être, s'aventura Fritz pour les deux.

— Alors vous achèterez quelque chose.

Rudi balaya leurs inquiétudes du revers de la main. Rien ni personne n'irait se mettre en travers de son plan.

— C'est ce que je vais faire, moi aussi.

— Et comment?

— Vous verrez. Mais je vous promets une chose, par exemple. Ce sera le plus beau cadeau de tous.

D'une secousse, Anna finit par se débarrasser de ses caoutchoucs. Le bruit attira l'attention des quatre autres. Elle les regardait, tandis que la consternation se peignait sur chaque visage.

— Mais qu'est-ce qu'Anna va bien pouvoir leur donner?

Gretchen venait d'exprimer le sentiment général.

— Oh, elle ne compte pas. Elle n'a que neuf ans, répondit Rudi trop vite.

Il leva alors les yeux au plafond et se mit à siffloter.

Il avait tort de penser qu'elle ne comptait pas. Elle comptait pour Ben. Et pour Isobel. Et pour Papa. Et pour Mme Williams. Anna le savait. Mais malgré ça, les paroles de Rudi lui firent mal.

Mais était-elle capable de fabriquer un cadeau de Noël pour ses parents? Rudi pouvait facilement se faire un peu d'argent. Il l'avait dit lui-même. Et Gretchen tricotait presque aussi bien que Maman. Les jumeaux allaient trouver un moyen, Anna en était sûre.

Ils sont bourrés d'imagination, se dit-elle.

Seule, elle ne pouvait rien faire.

Gretchen, les yeux fixés encore sur Anna, cria soudain :

— Ne t'en fais pas, Anna. Je vais te tricoter quelque chose que tu leur offriras. Si je commence tout de suite, j'aurai le temps de le terminer.

Avant qu'Anna ait pu répondre, Rudi intervint brutalement :

— Gretel, ne sois pas idiote. Ils n'attendront rien d'elle dès qu'ils sauront que nous faisons nous-mêmes nos cadeaux. Essayons plutôt de leur offrir quelque chose de vraiment *spécial.*

L'ancienne Anna Solden, celle qui vivait à Francfort, aurait donné raison à Rudi et abandonné la partie avant même d'avoir commencé. Mais elle était une autre Anna, à présent. Un peu plus brave, un peu plus vieille, et bien plus habile qu'auparavant. Elle parvenait même, parfois, à distinguer le chas d'une aiguille. Elle fit un pas dans la pièce, puis un autre. Elle n'avait pas encore ouvert la bouche, mais elle se creusait les méninges comme jamais elle ne l'avait fait auparavant.

Des dessins, peut-être? Mme Williams aimait ses

dessins. Elle pourrait en faire une sorte de petit album. Mais Rudi était capable de dessiner des chevaux qui galopaient littéralement sur la feuille de papier, et Frieda s'asseyait souvent pour faire le portrait de Maman en train de repasser ou de Papa en train de lire, et n'importe qui pouvait voir que ces portraits étaient ressemblants.

Pas de dessins, décréta Anna.

— Tu es vraiment sans-cœur, Rudi, éclata Gretchen. Bien sûr qu'Anna voudra leur offrir un cadeau! Et je vais lui tricoter quelque chose. Et comme ça viendra d'elle, ce n'est pas nécessaire que ce soit extraordinaire.

Cette dernière phrase atteignit Anna comme un coup de poignard. Elle interrompit aussitôt le cours de ses réflexions et leva le menton. Derrière ses lunettes, ses yeux étincelaient de colère et d'humiliation. Ils allaient voir ce qu'ils allaient voir.

— Merci bien, Madame! Vous êtes trop bonne, mais je ferai mon cadeau moi-même!

Ses mots étaient acérés comme des flèches.

— Et tu peux garder ton tricot ridicule! Les gens disent que c'est beau uniquement pour te faire plaisir. Tout le monde sait que c'est mal fait.

Avant que quiconque ait eu le temps de la remettre à sa place en lui rappelant qui elle était – la plus jeune, la *Dummkopf*, Anna l'empotée –, elle avait fait demi-tour et quitté la pièce.

Elle se dirigea vers les escaliers, sans se soucier de ce

que ses frères et sœurs pouvaient dire, mais elle entendit quand même Rudi :

— Je te l'avais bien dit, Gretchen, fit-il d'un ton moqueur. Vouloir aider Anna, c'est comme caresser un chien qui mord.

Gretchen ne répondit pas. Anna attendit. Mais sa grande sœur resta muette.

Tout à coup, Anna regretta d'avoir dit à Gretchen qu'elle tricotait mal, mais il était trop tard pour faire marche arrière. Sa sœur n'avait eu que ce qu'elle méritait.

« Comme ça viendra d'elle, ce n'est pas nécessaire que ce soit extraordinaire. » Pour qui Gretchen se prenait-elle?

Une fois en haut de l'escalier, Anna se dirigea vers la salle de bains pour se regarder dans le miroir. Ce n'était pas pour examiner son visage. Elle le trouvait ingrat et sans intérêt. Elle ne l'avait jamais vu avec les fossettes. Mais par moments, elle arrivait mieux à se parler à elle-même quand elle pouvait se voir en même temps.

— Est-ce que je suis capable de faire un cadeau? demanda-t-elle à l'autre fillette dans le miroir. Qu'est-ce que je pourrais bien faire pour gagner de l'argent? Plein d'argent!

Autant demander gros! Mais la fillette dans le miroir semblait aussi découragée qu'elle-même. Elle haussa les épaules, se fit la grimace et tourna les talons. *Papa pourrait m'aider,* songea-t-elle soudain. Mais non. Il fallait que le cadeau soit une surprise, un secret. Aller en parler à Papa serait malhonnête.

Anna entra dans son alcôve et s'étendit sur le lit. Elle avait renoncé à chercher l'inspiration. Elle se contentait d'espérer. Peut-être allait-il se passer quelque chose d'extraordinaire d'ici là. Trois mois plus tôt, elle n'aurait rien espéré du tout.

Elle entendit la porte d'entrée s'ouvrir et se refermer. Maman et Papa étaient rentrés. La benjamine de la famille se leva et commença à descendre l'escalier. Gretchen avait mis un pâté à la viande au four et ça sentait divinement bon.

Maman l'avait senti elle aussi et elle embrassa Gretchen sans prendre le temps d'enlever son manteau.

— Gretel, c'est toi mon enfant la plus chère, ce soir. Il fait si froid dehors et c'est exactement le plat qu'il nous faut!

Anna avait faim et le pâté était délicieux, même s'il n'y avait pas beaucoup de viande dedans. Mais elle ne put finir sa part.

— Tu ne te sens pas bien, ma chérie? demanda Maman, inquiète.

Anna garda les yeux baissés.

— Je vais bien, grommela-t-elle.

— Tu n'as pas l'air dans ton assiette. Tu ne trouves pas, Ernst? insista Maman, qui ne s'avouait jamais battue.

Gretchen elle aussi regardait Anna d'un œil anxieux. Était-ce à cause de l'histoire des cadeaux?

— Laisse-la tranquille, Clara, dit Papa d'un ton léger.

Elle veut simplement se garder de la place pour le dessert. N'est-ce pas, Anna?

Celle-ci baissa le nez pour que son visage reste dans l'ombre.

— C'est vrai, parvint-elle à articuler.

Et elle fut obligée de manger tout son dessert. C'était une pomme, une reinette, une de celles qu'elle préférait. Elle mâchait et avalait, machinalement... La pomme n'avait aucun goût. Dès qu'elle put sortir de table, elle fila dans sa chambre et se prépara pour la nuit.

— Anna, est-ce que tu dors déjà?

Maman tendait le cou en soulevant le rideau que sa fille avait pris soin de tirer complètement.

Anna, les yeux fermés, ne bougeait pas. Elle s'efforçait de respirer profondément, sur un rythme régulier. Maman finit par s'éloigner sur la pointe des pieds.

Anna rouvrit les yeux. Une fois encore, elle essaya de réfléchir. Il fallait qu'elle trouve quelque chose pour ne pas démentir les paroles qu'elle avait lancées aux autres d'un ton si fier et si provocateur.

Elle se creusa la tête, encore et encore. Il devait y avoir un moyen. Il le fallait.

Mais quand elle entra dans la salle de classe le lendemain matin pour aller s'affaler bruyamment sur sa chaise, Anna Solden n'avait toujours pas trouvé d'idée.

Et elle avait abandonné tout espoir.

15

Les questions
de Mme Williams

Anna put lire la surprise sur le visage de Mme Williams. Depuis déjà un bon moment, elle entrait toujours en classe avec un sourire pour son institutrice. Mais aujourd'hui, elle n'avait pas la moindre envie de sourire. Et elle se moquait de ce que Mme Williams pouvait bien penser.

Elle ouvrit son pupitre, s'empara de son plumier, referma brutalement le couvercle du pupitre et posa tout aussi bruyamment le plumier.

— Bonjour, Anna, dit Mme Williams sans se démonter.

Anna pensa ne pas répondre. Elle jeta un regard noir au plumier, laissa passer une seconde, puis une autre. Mais ce fut plus fort qu'elle. Elle leva la tête et rencontra le regard tranquille de Mme Williams.

— Bonjour, marmonna-t-elle.

Bernard s'approcha d'un pas nonchalant.

— Qu'est-ce qui t'arrive, petite? demanda-t-il à voix basse, d'un ton à la fois tendre et malicieux.

Anna se rappela ce qui s'était passé deux jours avant. Isobel, Ben et elle étaient en train de parler des durs de la cour de récréation qui les attendaient à la sortie pour les bombarder d'injures et de boules de neige. Bernard avait entendu cette conversation et tous les quatre avaient planifié une contre-attaque. Les deux bourreaux étaient restés pétrifiés quand quatre de leurs victimes, elles aussi armées de boules de neige, avaient soudain foncé sur eux en hurlant.

— On risque de mal viser, avait dit Bernard, alors il faudra préparer beaucoup de boules et faire un bruit d'enfer. Ce sont des poltrons, de toute façon. Vous allez voir.

Les deux garçons avaient capitulé presque sur-le-champ. Leurs quatre assaillants les avaient pourchassés sur deux coins de rue avant de se laisser choir dans la neige et d'abandonner la poursuite. Comme ils avaient ri! Et Bernard s'était montré si fort! Un vrai héros, comme saint George terrassant le dragon!

Mais même saint George ne pouvait rien pour elle à présent.

— Je n'ai rien, répondit-elle d'un ton maussade.

Elle s'en voulait terriblement de mentir à Bernard, mais ne savait pas quoi faire d'autre. Comment lui expliquer l'attitude de Rudi, les paroles de Gretchen, et sa propre fanfaronnade, sans avoir l'air d'une idiote? Parce que *c'était* une histoire idiote.

Bernard attendit encore un peu, au cas où elle changerait d'avis. Anna ne broncha pas. *Va-t'en*, suppliait-elle silencieusement. *Va-t'en*.

— Très bien, Bernard, intervint Mme Williams. Il est temps de se mettre au travail.

Les élèves de la classe d'Anna n'étaient pas nombreux. Ils étaient comme une famille. Plus unis même que certaines familles. Les autres élèves connaissaient mieux Anna et s'en souciaient plus, à bien des égards, que ne le faisaient Rudi, Gretchen, Frieda et Fritz. À mesure que la matinée avançait, la tristesse d'Anna se mit à gagner tout le monde.

— Isobel, ton devoir d'arithmétique est plein de fautes! s'exclama Mme Williams.

Isobel était un as en mathématiques.

— Je suis désolée, répondit Isobel en rougissant.

Elle jeta un coup d'œil à Anna, qui fixait son abécédaire sans le voir.

— Je n'arrive pas à me concentrer, avoua-t-elle.

Mme Williams regarda Anna elle aussi.

— Mme Williams, est-ce que je peux sortir pour aller boire un verre d'eau? demanda Ben d'un ton maussade.

— Mais tu y es déjà allé trois fois en une heure, répondit l'institutrice.

Ben se tortilla sur son banc.

— J'ai trop chaud, marmonna-t-il.

Il ne regarda pas Anna, mais il aurait tout aussi bien pu le faire. Mme Williams répondit calmement :

— Très bien, mais reviens aussitôt.

— J'ai mal à l'estomac, se plaignit Jane Summers un peu avant midi.

Anna fut soudain arrachée à sa propre misère. Tournant la tête vers Jane, elle ne rencontra qu'un regard rempli d'inquiétude. Elle cligna des yeux et décréta qu'elle était folle.

— Pose la tête sur ton pupitre et repose-toi un moment, Jane, conseilla Mme Williams. Ça va peut-être passer d'ici une minute ou deux.

— Tu n'as rien à faire, Bernard? lança-t-elle peu de temps après.

Anna releva le nez, encore plus surprise cette fois. Bernard avait l'habitude de travailler dur. Il allait devenir célèbre, un jour. Il écrirait une encyclopédie. Pour l'instant, il était assis à son pupitre devant un tas de boulettes de papier, sans essayer le moindrement de se cacher.

Lui aussi lança vers Anna un regard maussade. Puis il fit disparaître les boulettes de papier et ouvrit un livre. Il ne chercha même pas à excuser sa conduite.

— Je lis, bougonna-t-il plutôt.

Anna le surveillait du coin de l'œil. Elle ne voulait pas que Bernard fasse des bêtises. Elle attendit qu'il tourne sa page. Rien ne bougea. Les minutes passèrent. La page ne fut jamais tournée.

À midi, tous s'en allèrent chez eux pour dîner. Un peu plus tard, ils étaient tous revenus en classe. Anna aussi, toujours emmurée dans sa tristesse.

Personne ne savait quoi faire. Personne ne pouvait deviner ce qui n'allait pas. Chacun guettait le moindre signe, et l'attente mettait les nerfs à vif.

Anna retrouva son abécédaire. Elle n'avait strictement rien appris durant la matinée. Et les mots qu'elle avait devant les yeux lui semblaient toujours aussi absurdes. Soudain, en désespoir de cause, elle fit disparaître l'abécédaire dans son pupitre. Ses doigts rencontrèrent le livre que Mme Williams lui avait donné. Son livre à elle. Son défi.

Robert Louis Stevenson comprendrait ce que je ressens, se disait Anna. *Étant petit, il a dû souvent vouloir faire des choses sans savoir comment s'y prendre.*

Elle sortit le livre et l'ouvrit au tout début. C'était le premier des poèmes du recueil, un poème qu'elle n'avait jamais vu parce qu'il était placé en exergue, avant la page titre. Et il était écrit dans un caractère plus difficile à lire que le reste. Il se peut qu'elle l'ait vu mais qu'elle l'ait sauté, l'ayant jugé trop difficile. Les lettres n'étaient pas faciles à distinguer.

Il lui sembla important de le lire maintenant, difficile ou pas. Le titre était un nom interminable qu'Anna était incapable de prononcer. Elle n'essaya même pas. Elle commença au tout début de la première strophe, ne comprenant que la moitié de ce qu'elle lisait. Le poète s'adressait à quelqu'un qui avait veillé sur lui, la nuit. Elle arriva au troisième vers.

Pour ta main qui me guidait et
me réconfortait
Sur les sentiers cahoteux...

Voilà quelque chose qu'elle connaissait par cœur! Ces sentiers cahoteux sur lesquels trébuchait Anna l'empotée qui ne savait jamais quoi faire. S'il y avait seulement eu une main secourable à saisir! Elle comprenait parfaitement ce que pouvait être une main qui guide et réconforte... Comme celle que levait Mme Williams quand elle invitait toute la classe à se mettre à l'aise et à se détendre avant d'écouter un morceau de musique ou une histoire. Comme celle de Papa, quand il montait la border dans son lit, le soir.

Oh, Papa, Papa! Anna avait désespérément besoin de lui, tout en sachant qu'il était impossible de l'appeler à l'aide.

Une larme glissa le long de son nez... Puis une autre... puis une autre encore. Elle ne pouvait plus s'arrêter. Anna Elisabeth Solden, qui ne pleurait jamais à moins d'être toute seule et bien certaine que personne d'autre ne la voie, pleurait à présent devant toute une classe, et il n'y avait rien qu'elle pût faire pour s'en empêcher.

Mme Williams cessa de faire comme si de rien n'était, tira une chaise et vint s'asseoir à côté de la petite fille en larmes.

— Raconte-moi ce qu'il y a, dit-elle doucement. Je pourrai peut-être t'aider.

— Il n'y a rien... articula Anna d'une voix étranglée.

— Mais si, Anna, il y a quelque chose.

Mme Williams resta près d'elle.

Ben vint lui aussi se placer près d'Anna, de l'autre côté. Isobel posa son crayon avec un soupir de soulagement et joignit sa voix à celle de l'institutrice.

— Vas-y, dis-lui, Anna. Mme Williams saura te dire quoi faire. Dis-lui ce qui ne va pas.

N'osant plus espérer quoi que ce soit, Anna commença à raconter.

Dès les premiers mots, toute la classe tendit l'oreille. Et quand elle eut fini, même les deux plus vieux hochaient la tête en signe d'assentiment. Eux aussi auraient aimé offrir un cadeau de Noël à leurs parents. Eux aussi, à cause de leur mauvaise vue, se faisaient reprocher d'être empotés et bons à rien.

— Si seulement je pouvais lire la musique... commença Mavis Jones d'un ton mélancolique. Ça rend folle la prof de piano!

— Ma tante Mary répète tout le temps que je pourrais apprendre à tricoter si je tenais mes aiguilles comme elle, enchaîna Joséphine Peterson. Elle me dit de regarder, mais je ne peux pas voir ce qu'elle veut dire, et elle ne comprend pas pourquoi.

Les garçons ne pouvaient pas se servir des outils avec la même adresse et la même rapidité que leur père ou que leurs frères. Après tout, Anna n'était pas la seule à ne pas être comme les autres. C'était l'expression qu'employait Mme Williams : ne pas être comme les autres.

Jimmy Short avait essayé de livrer les journaux.

— Je n'arrivais pas à voir les numéros des maisons, expliqua-t-il. Et je ne pouvais pas rendre la monnaie très vite non plus. Les pièces de cinq et de vingt-cinq sous se ressemblent trop!

— Il n'y en a pas un parmi nous qui peut vraiment gagner de l'argent, résuma Bernard, ou fabriquer quelque chose de bien. J'aimerais faire un truc vraiment extraordinaire, juste une fois, pour voir la tête que tout le monde ferait!

— Quel m'as-tu-vu, ce Bernard! le taquina Mme Williams.

Bernard se mit à rire, sans se formaliser. Il savait bien que l'institutrice le comprenait.

Le reste de la journée, celle-ci demeura songeuse, et les enfants s'en aperçurent. Chacun se montra particulièrement consciencieux et tranquille. Personne ne posa de question inutile. Ben cessa de demander la permission d'aller boire. Personne ne chercha à quitter la classe sans raison.

— Mettons les choses bien au clair, déclara finalement Mme Williams. Je peux peut-être faire quelque chose, mais il faut une certaine préparation. Nous aurons besoin d'argent pour le matériel... Et vous ne voulez pas demander d'argent à vos parents, c'est bien ça?

Personne ne voulait demander d'argent.

— Il faut que ce soit une surprise, répéta Anna. Les autres, Rudi, Gretchen et les jumeaux, ils vont tous préparer une surprise.

— Oui, je sais, Anna, répondit l'institutrice.

— Tu vas voir, chuchota Isobel à l'oreille d'Anna. Elle va trouver un moyen. Mme Williams peut tout faire.

Mais peut-être n'y a-t-il rien à faire, songea Anna.

Elle regarda Isobel, dont les yeux rayonnaient d'une confiance inébranlable. Puis elle regarda Mme Williams, plongée dans ses pensées. Soudain, il lui sembla que le plus important, c'était d'y croire. Peut-être que si elle y croyait assez fort, les choses allaient s'arranger.

« Je dois y croire. On va trouver une idée », chuchota-t-elle à voix basse.

Un sourire illumina soudain le visage de Mme Williams. Elle leva la tête.

— Qu'est-ce qu'il y a, Mme Williams? demanda Ben, tout excité.

— Je réfléchis... Sois patient, Ben, tu verras bien.

Mais tout le monde savait que l'affaire était dans le sac. Mme Williams avait une idée.

16
Anna accomplit un miracle

Les élèves de Mme Williams allaient fabriquer des corbeilles à papier en osier.

Anna regardait d'un air hésitant le bric-à-brac de choses étranges dont ils auraient besoin. Il y avait des cercles et des ovales en bois dont les bords étaient percés d'une rangée de trous réguliers. Il y avait des paquets de baguettes claires, couleur crème. Et de longs brins d'osier et de rotin, enroulés et liés en bottes pour qu'ils ne s'éparpillent pas dans toute la pièce. Il y en avait des plats et des gros comme des lanières, de la largeur de son pouce. D'autres ronds et fins comme de la cordelette brune et cassante.

Tout cela paraissait bien compliqué. Trop difficile pour elle. Et il lui faudrait se débrouiller toute seule. Les autres non plus n'auraient pas d'aide.

Mme Williams ne semblait pas inquiète.

— J'aurais aimé pouvoir en finir une pour vous montrer, dit-elle aux élèves qui formaient un cercle autour d'elle, le visage anxieux. Mais tout ira bien. Je vous le promets.

Anna se sentit rassurée. Jamais à sa connaissance l'institutrice n'avait manqué à sa parole.

— Mme Williams, où avez-vous déniché tout ça? Qui a payé tout ce matériel? demanda Bernard, qui savait ce qu'était la Dépression; son père était au chômage depuis trois mois.

Mme Williams lui sourit, puis sourit à Anna.

— C'est un ami d'Anna qui a presque tout acheté.

— Un ami d'Anna?

— Tu ne nous avais pas dit que tu avais des amis riches, Anna!

— Mais ce n'est pas vrai, protesta cette dernière.

Elle ne pouvait croire que Mme Williams l'ait trahie, mais elle voulait en être sûre.

— Vous n'avez rien dit? Ce n'est pas Papa?

— Ce n'est pas ton père, la rassura aussitôt l'institutrice. Tu as d'autres amis. C'est le Dr Schumacher.

— Le Dr Schumacher! répéta Anna dans un souffle.

— Mais où a-t-il trouvé cet argent? demanda Bernard, qui avait l'esprit pratique.

— Tous les docteurs sont riches, lui répondit Josephine Peterson.

— Ce n'est pas vrai, Josie, corrigea l'institutrice. En ce moment, les gens ont bien du mal à payer leurs factures, et c'est souvent la note du médecin qui passe en dernier. Mais le Dr Schumacher n'est pas marié et n'a pas d'enfants à qui faire plaisir à Noël, et Anna est une grande amie à lui. Il me l'a dit lui-même.

Anna se souvint de la journée où le docteur lui avait annoncé qu'elle devrait aller dans une classe spéciale.

Il m'avait dit que ça me plairait, et ça me plaît, pensa-t-elle. *Même à ce moment-là, il était déjà mon ami.*

— Il n'a pas tout acheté ça à lui tout seul, hasarda Bernard, qui faisait l'inventaire des fournitures. Je parie que vous avez payé de votre poche, Mme Williams.

— Un petit peu, admit l'institutrice dont les joues s'empourprèrent sous la franchise de son regard. Moi non plus, je n'ai pas de famille à Toronto.

— Et votre mère? Et vos sœurs? demandèrent les élèves.

Mme Williams leur avait souvent raconté des épisodes de son enfance, et sa famille n'avait plus de secrets pour eux.

— Elles sont à Vancouver.

L'institutrice s'affaira soudain, déplaçant et replaçant les livres sur son bureau.

— C'est trop loin pour que j'y aille à Noël, mais j'ai déjà reçu de là-bas un colis plein de cadeaux.

Cette histoire de cadeaux détourna l'attention des élèves. Seuls Bernard et Anna demeurèrent songeurs.

Je pourrais demander à Papa de les inviter, se disait Anna. *Je n'ai rien à perdre à demander. Mme Williams adorerait notre sapin. Le Dr Schumacher travaille beaucoup, mais peut-être qu'il sera libre ce soir-là.*

— Et si on commençait? proposa Mme Williams.

Anna, malgré son appréhension, ouvrit tout grands ses yeux et ses oreilles. La chose ne paraissait pas impossible.

D'abord, ils devaient choisir quelle forme donner à leur corbeille. Anna opta pour une base ovale, qui lui parut assez grande à son goût – pas question de faire un petit cadeau de rien du tout. Elle venait juste d'apprendre à se servir d'une règle. Elle prit sa règle dans son pupitre et mesura la pièce de bois. Elle avait six pouces de large et dix pouces de long. Anna sourit et rangea sa règle.

Ensuite, elle mit à tremper l'osier et le rotin dans un seau d'eau pour les assouplir. Une opération à la portée de n'importe qui. Elle prit néanmoins tout son temps et travailla avec méthode. Josie, trop pressée, brisa une des tiges.

— Tu dois les manipuler avec douceur, Josie, conseilla Mme Williams. Prends modèle sur Anna.

Au milieu de l'après-midi, l'osier avait la souplesse nécessaire pour qu'on puisse le tresser. Anna commença par installer les baguettes droites qui servaient de montants. Elles devaient toutes avoir la même longueur. Elle les inséra délicatement dans le trou correspondant, en les mesurant d'abord à vue de nez et ensuite avec la règle.

— C'est ça, Isobel. Très bien, Veronica.

Mme Williams se promenait de l'un à l'autre.

— Pas si vite, Jimmy. Tes montants sont inégaux.

Elle s'arrêta près du pupitre d'Anna. Les autres avaient pris de l'avance, mais Anna ne s'en souciait pas le moins du monde. Elle voulait que sa corbeille soit aussi irréprochable que si elle avait été tressée par Gretchen ou Maman.

— C'est parfait, Anna, dit l'institutrice.

Parfait! Anna se mit à rabattre les extrémités des montants, l'une derrière l'autre, pour donner un aspect fini et soigné en dessous de la corbeille. Cela créait un motif intéressant. Anna s'interrompit pour admirer son travail.

— Attends, je veux voir comment tu fais, dit Isobel en attrapant sa corbeille. Oh, je comprends. Merci, Anna.

Elle lui rendit la corbeille et retourna à la sienne pour corriger son erreur. Interloquée, Anna cligna des yeux. Puis elle écouta attentivement Mme Williams expliquer comment s'y prendre pour tresser les brins d'osier. Cela semblait presque un jeu d'enfant. Il fallait commencer par les plus minces. Anna saisit un brin. Sa main tremblait.

Puis fixer l'extrémité derrière un des montants.

Elle essaya mais se sentit terriblement maladroite. Le brin lui glissa des mains. Elle se mordit la lèvre et recommença l'opération, plus lentement cette fois. Le rameau resta en place. Elle prit une profonde inspiration, rassembla tout son courage et commença à tresser les brins d'osier.

On passe derrière, puis devant. Chaque fois, elle devait tirer le brin d'osier sur toute sa longueur. Elle fut soudain entourée par ce qui semblait des mètres et des mètres d'osier enroulé en boucles tout autour d'elle. Voilà! Elle avait fait un premier tour.

Il fallait ensuite tirer dessus et le serrer. Mais pas trop, se souvint Anna.

Il fallait que le brin soit étroitement ajusté aux montants, mais si on serrait trop, il pouvait casser. Elle tira jusqu'à obtenir le résultat qu'elle jugeait correct. Elle ne se demanda pas comment elle pouvait le savoir. Ses mains le savaient.

Mme Williams revint voir où elle en était. Il n'y avait pas une erreur dans le travail d'Anna. L'enfant était si concentrée sur son ouvrage qu'elle ne se rendit même pas compte de la présence de l'institutrice qui l'observait.

— Tu as les doigts si agiles, Anna!

Anna leva brusquement la tête. Elle regarda l'institutrice avec des yeux ronds.

— Agile veut dire rapide et adroit, expliqua Mme Williams en réponse à sa question muette. Sûr de soi.

Jusqu'alors, Anna avait été persuadée qu'elle ne savait rien faire de ses dix doigts. « Donne-moi ça, je vais le faire », disaient souvent d'un ton impatient Maman ou Gretchen ou même Frieda. Rudi l'appelait encore Anna l'empotée quand l'idée l'en prenait. Et à présent, elle avait les doigts agiles!

Elle continua de tresser la corbeille, entrelaçant les brins en les passant derrière puis devant chaque montant. Elle travaillait d'une main adroite et sûre, tandis que du fond de son cœur montait une petite chanson inconnue.

C'est Noël bientôt,
Je fais mon cadeau
Il viendra de moi
Le cadeau d'Anna.
Un cadeau de Noël
Un cadeau-surprise!
Il viendra de moi
Et Papa verra.

Jamais elle n'avait connu un tel bonheur. Mme Williams ramena cependant tout le monde à la réalité bien avant qu'ils aient terminé.

— Il y a aussi quelque chose qui s'appelle l'orthographe, leur rappela-t-elle sèchement. Et le calcul, aussi, n'est-ce pas, Jimmy?

Mais le lendemain, elle leur accorda à nouveau du temps pour continuer leurs corbeilles. Lentement, celles-ci prenaient forme. Anna en avait terminé avec l'osier mince et elle attaqua le tressage des brins plats et plus larges. On passe derrière, puis devant...

— J'ai mal aux mains, se plaignit Josie.

Sa corbeille était tout de travers. Anna n'avait pas le moindrement mal aux mains. Et sa corbeille était bien droite.

— Elle se débrouille plutôt bien pour son âge, non? dit Bernard à Mme Williams.

— Pas seulement pour son âge, répondit-elle. Anna a

le don de se donner énormément de mal.

Même Bernard eut besoin d'explications, lui qui avait pourtant parlé anglais toute sa vie.

J'aimerais bien lui faire un cadeau à lui aussi, songea Anna. *Et à Isobel, et à Ben... et à Mme Williams... et au Dr Schumacher.*

Elle ne pourrait jamais. Pas cinq autres cadeaux! Elle qui n'était même pas capable d'en faire un avant que Mme Williams ne lui montre comment s'y prendre. Mais elle commença à y penser, tout en entrelaçant les longs brins d'osier. Elle réfléchit et, petit à petit, la lumière apparut.

Il fallait d'abord et avant tout terminer la corbeille. Elle sentait son excitation monter à mesure qu'elle approchait du but. Les derniers centimètres, elle les tressa avec les brins plus fins. Comme si elle faisait un ourlet. Et soudain, tout fut terminé. La corbeille avait près d'un pied de haut. Elle était joliment évasée, aussi. (Plusieurs élèves n'avaient pas réussi à le faire, et leurs corbeilles ressemblaient à des tuyaux de poêle.) Et il n'y avait ni trous ni manques. Anna tournait et retournait son chef-d'œuvre en le dévorant des yeux.

— Prenez vos crayons et inscrivez vos initiales sur le fond, ordonna Mme Williams. Je me suis arrangée pour les faire peindre à l'École des aveugles. Je ne veux pas qu'il y ait de confusion quand on nous les rapportera.

Anna se mit à rire. Pas de danger qu'elle confonde sa corbeille avec celle de quelqu'un d'autre! Elle inscrivit bien clairement ses initiales sur le bois clair.

A. E. S.

Et on emmena les corbeilles.

À la maison, les quatre autres s'affairaient à leurs projets. Gretchen attendait que Papa lui offre de l'argent pour qu'elle puisse le refuser. Mais en vain. Papa semblait avoir oublié.

— Il vaut mieux que tu lui dises, décréta Rudi. Comme ça, ils ne se feront pas de souci.

— À propos de l'argent pour Noël, Papa… commença Gretchen à l'heure du souper.

Maman l'interrompit. Le visage tout rouge, elle parla sans regarder les enfants. Elle fixait un coin de la nappe.

— Gretchen, je voulais justement t'en parler. Cette année, Papa et moi préférons ne pas avoir de cadeaux. Votre amour nous suffit. Nous… C'est vraiment comme ça que nous voulons que les choses se passent. Mais il y aura un sapin, bien sûr. N'ayez pas peur, mais…

— C'est très bien, Maman, réussit à placer Gretchen. Je… nous…

Rudi lui lança un coup de pied sous la table et elle se tut.

— Nous comprenons très bien, dit-il à ses parents. Ne vous en faites pas.

Plus tard, quand les enfants se retrouvèrent seuls, Rudi résuma la situation.

— C'est encore mieux comme ça. Ils ne s'attendront à rien. Ce sera une surprise complète.

— Trois surprises complètes, lui rappela Fritz en gloussant.

Anna ne dit rien.

Plus la veille de Noël approchait et plus les quatre frères et sœurs d'Anna cherchaient à cacher ce qu'ils préparaient. Mais les indices ne manquaient pas. Gretchen faisait disparaître son tricot en un clin d'œil dès que Papa ou Maman entrait dans la pièce et elle empêchait quiconque de venir voir ça de près. Mais tout le monde savait que c'était bleu. Ensuite, il y eut quelque chose de jaune.

Les jumeaux allaient pelleter la neige après l'école. Rares étaient les gens qui pouvaient payer quelqu'un pour le faire, mais après un porte-à-porte assidu, Frieda et Fritz avaient réussi à trouver deux ou trois clients.

Rudi, lui, jouait au hockey.

— Ne vous en faites pas pour moi. Il me reste des jours et des jours, leur dit-il.

— Mais qu'est-ce que ce sera, ton cadeau? le harcelait Fritz. Donne-nous juste une idée en gros. Nous, nous allons offrir à Papa quelque chose qu'il va vraiment aimer, quelque chose qu'il n'a pas, et qu'il a toujours voulu.

— En tout cas, nous l'espérons, ajouta Frieda.

— Le mien, ce sera quelque chose qu'on n'offre qu'à Noël... Vous saurez quoi quand le moment sera venu. Bon, il faut que je file.

Et Rudi leur tourna les talons pour retrouver son univers de glace, de bâtons et de rondelles de hockey. Il se sentait un parfait Canadien.

Anna ne révéla rien de son secret. Personne ne savait, personne ne se doutait qu'elle aussi préparait un cadeau de Noël. Les quatre autres ne pensèrent pas une seconde à elle.

17
Noël approche

Un soir, Anna alla voir Papa pour lui faire part de son merveilleux projet. *Ce n'est que Papa,* se disait-elle en essayant de trouver les mots qu'il fallait. Elle réussit à rassembler tout son courage mais les mots se bousculèrent dans la plus grande confusion. Les yeux fixés sur les souliers de son père, elle regrettait presque d'avoir essayé.

— Le Dr Schumacher et Mme Williams! s'exclama Papa. Mais... mais pourquoi, Anna?

— La mère de Mme Williams est à Vancouver, et Betty et Joan aussi. Ce sont ses sœurs, expliqua Anna précipitamment. Mais Mme Williams ne peut pas aller là-bas parce que cette année, il n'y a pas d'argent.

Papa hocha la tête. Voilà une chose qu'il comprenait fort bien.

— Et Mme Williams a dit que le Dr Schumacher n'avait ni femme ni enfants. Mais peut-être qu'il a sa mère, par exemple...

L'idée lui était venue pendant qu'elle parlait.

— Non, répondit Papa. Franz n'a pas de famille. Il a été élevé dans un orphelinat à Berlin.

Anna releva la tête. Son visage s'éclaira.

— Alors il viendra peut-être, s'écria-t-elle, enthousiaste. Et elle aussi.

Son père se frotta le menton. Il répondit en pesant ses mots.

— Anna, ma chérie, tu sais que nous-mêmes aurons un Noël plutôt modeste. Il n'y aura pas de cadeaux extraordinaires. Pas de patins, j'en ai bien peur…

Anna se dépêcha de le rassurer.

— Gretchen le sait déjà. Ne t'en fais pas, Papa.

— C'est vrai? soupira celui-ci.

Il redevint songeur. Il s'approcha et la prit par les épaules.

— À propos de ces gens que tu veux inviter…

— Noël, ce n'est pas seulement les cadeaux, l'interrompit Anna.

Si Papa ne comprenait toujours pas, elle ne voyait pas comment elle pourrait rendre les choses plus claires. Elle se dégagea d'une secousse et fila en direction de la porte.

— C'est d'accord, je vais le leur demander! lui cria son père.

Anna ne se retourna pas. Il ne put savoir si elle l'avait entendu.

Elle ne l'avait pas entendu, mais le lendemain matin,

elle avait bien autre chose à faire que de ruminer sa déception plus longtemps. Elle devait s'occuper de ses autres cadeaux. Elle commença par Isobel.

Mais comment préparer une surprise à quelqu'un qui n'arrête pas de regarder par-dessus votre épaule et de poser des questions? En désespoir de cause, Anna alla demander à l'institutrice si elle pouvait rester en classe pendant les récréations.

— Est-ce que je pourrai voir ce que c'est quand tu auras fini? demanda Mme Williams.

— C'est quelque chose de drôle, répondit Anna le plus sérieusement du monde. C'est... comment vous appelez ça... c'est une farce.

— Une farce!

Anna fit oui de la tête, toujours aussi sérieuse.

— Je vous le montrerai, promit-elle.

Elle écrivait un dictionnaire pour Isobel. Sur chaque page, elle avait inscrit un des mots qu'Isobel lui avait enseignés depuis qu'elles se connaissaient. Et en dessous, il y avait un dessin.

Lorsqu'elle vint timidement montrer son œuvre à Mme Williams, celle-ci éclata de rire :

— Oh! Anna, je savais que tu avais de l'imagination, mais jamais je n'aurais pensé que tu avais un tel sens de l'humour.

Elle regardait la page où était inscrit le mot « croque-mort ». En dessous, Anna avait dessiné un cercueil. Elle-même figurait sur l'image, assise toute droite dans le cercueil. Elle appelait « Au secours! ». Ses nattes étaient dressées au-dessus de sa tête, raides d'épouvante, et ses yeux, derrière les lunettes, étaient ronds comme des billes. Isobel, à qui il ne manquait pas une boucle, jouait le croque-mort, la pelle à la main.

Sur une autre image, Isobel, à présent allumeur de réverbères, dégringolait de son échelle. Il y en avait une autre sur l'Halloween, avec un fantôme qui poursuivait Isobel dans une course effrénée. Toutes les images étaient drôles et vivantes. Isobel avait partout la vedette.

Anna composa un poème pour Ben. Elle savait bien que ce n'était pas un très bon poème, pas comme ceux de Robert Louis Stevenson. Mais il exprimait les sentiments qu'elle éprouvait. Elle l'écrivit très soigneusement sur une carte de Noël qu'elle découpa dans du papier cartonné.

> Benjamin Nathaniel
> Est aussi brave que Daniel.
> Quand à la sortie les gros durs
> Nous attendent avec des injures
> En nous lançant des
>   boules de neige
> Notre grand ami Benjamin
> Ne détale pas comme un lapin
> Il appelle Bernard en renfort
> Parce qu'ensemble nous sommes

plus forts.
Les durs à cuire, ces fanfarons
S'enfuient alors comme
des poltrons.
C'est grâce au courage
de Benjamin
Que nous n'avons plus peur
de rien.
Benjamin Nathaniel
Est plus brave que Daniel.
Nous resterons, avec fierté
À tout jamais à ses côtés.

Le sourire aux lèvres, elle cacha le poème dans son pupitre.

Mais qu'allait-elle bien pouvoir offrir à Bernard? Écrire un autre poème était impensable. Celui de Ben lui avait pris des jours et des jours.

Puis, comme par miracle, elle trouva une pièce de dix sous sur le trottoir. Elle pouvait acheter quelque chose à Bernard, et elle savait exactement quoi : des élastiques pour lancer des boulettes de papier. Elle les achèterait au magasin de Papa.

— Qu'est-ce que tu veux en faire? demanda celui-ci.

— C'est un secret, répondit Anna.

Papa regarda la pièce qu'elle lui tendait.

— Il n'y avait personne aux alentours, personne qui aurait pu la perdre. J'ai bien regardé, le rassura-t-elle.

— Va t'acheter de la crème glacée. Les élastiques sont un cadeau du magasin, proposa Papa.

Les Solden ne vendaient pas de crème glacée. Anna secoua la tête.

— Je veux les payer, Papa, insista-t-elle.

Son père lui donna les élastiques. Elle se hâta de sortir, craignant d'éveiller la curiosité de Maman.

Elle avait donc à présent un cadeau pour tout le monde, excepté pour Mme Williams et le Dr Schumacher. Et une fois encore se produisit une sorte de miracle. Un colis arriva de Francfort. Il venait de tante Tania. Maman en sortit des morceaux de massepain et Anna en eut deux. Les autres engloutirent leur part sur-le-champ, mais Anna mit soigneusement les siens de côté. Tous ses cadeaux étaient prêts.

Le Dr Schumacher vint en personne rapporter les corbeilles dans la classe.

— Il y en avait trop pour un seul voyage, Eileen. Je vais chercher les autres.

Isobel donna un coup de coude à Anna.

— Qu'est-ce qu'il y a? chuchota celle-ci, les yeux fixés non pas sur Isobel mais sur la pile de corbeilles entassées sur le bureau de l'institutrice.

— Il l'a appelée Eileen!

— Ah oui? répondit distraitement Anna.

Mme Williams redistribuait maintenant les corbeilles à chacun. Elles étaient incroyablement belles. Mais qu'était-il arrivé à la sienne?

— Et voilà celle d'Anna, annonça enfin l'institutrice.

Elle la posa sur le pupitre de la fillette. Celle-ci ne fit pas un geste. Elle se contenta de la contempler. Elle était vert foncé, à présent, avec un filet d'or qui courait tout autour. C'était la chose la plus magnifique, le cadeau le plus extraordinaire, le plus parfait qu'elle ait jamais vu.

Elle examina ses deux mains, tout étonnée. C'étaient ses bonnes vieilles mains habituelles, aux ongles un peu noirs. Comment avaient-elles pu tresser une telle merveille?

Elle prit sa corbeille avec mille précautions et l'examina sous toutes ses coutures. En dessous, écrites de sa main, elle trouva ses initiales : A. E. S.

L'école était finie. Les autres enfants enfilaient leurs manteaux en hâte, empoignaient leurs corbeilles et quittaient la classe.

— Tu viens, Anna? demanda Isobel.

— Pas tout de suite. Pars devant.

Elle s'assit à son pupitre et attendit. Le Dr Schumacher était encore là, lui aussi. Il parlait et riait avec Mme Williams.

— Je t'avais bien dit qu'elle était en amour, chuchota Isobel.

Devant le regard ahuri d'Anna, elle haussa les épaules

et quitta elle aussi la classe.

L'institutrice remarqua alors la présence d'Anna.

— Anna, je te croyais partie avec les autres. Voulais-tu me demander quelque chose?

— Est-ce que je peux laisser ma corbeille ici jusqu'à la veille des vacances?

Mme Williams jeta un coup d'œil au docteur qui, debout, suivait la conversation. Elle se tourna ensuite vers Anna.

— Bien sûr, tu peux la laisser, répondit-elle gentiment.

Elle ne demanda pas à Anna pourquoi. Elle savait que celle-ci rangeait encore dans son pupitre le recueil de poèmes de Stevenson qu'elle chérissait. Elle ne l'avait même pas emporté une seule fois, ne serait-ce que pour un soir.

— Et comment ça va avec tes lunettes? demanda Franz Schumacher.

Anna leva les yeux et le fixa à travers les verres. Elle aurait voulu trouver les mots pour lui dire à quel point il avait transformé sa vie.

— Elles vont très bien, je vous remercie, répondit-elle d'un ton guindé.

— Je me rappelle quand j'ai eu mes premières lunettes, commença le Dr Schumacher. Le monde est devenu tellement passionnant, tout à coup! Plein de choses que je n'aurais jamais imaginées!… Accepteriez-vous que je vous raccompagne à la maison, Mlle Solden?

Il savait pour les lunettes, et ne m'a rien dit, songea

Anna. *Il sait combien je suis contente de les avoir.*

Mais elle n'était pas certaine de vouloir qu'il la reconduise chez elle. Maman préférait que les enfants reviennent de l'école à pied. Puis Anna regarda à nouveau le Dr Schumacher.

— Je veux bien, répondit-elle.

— Et vous, Eileen, je vous emmène?

— Non. Je reste encore un peu. Merci quand même.

— On se verra à vingt heures, alors, ajouta le Dr Schumacher.

Anna, qui enfilait son manteau, faillit ne pas entendre les derniers mots. Et soudain, elle comprit ce que voulait dire Isobel avec ses étranges remarques. Mme Williams et le docteur... en amour!

Anna était contente qu'Isobel soit partie. Elle n'aurait pas su quoi lui dire. Il fallait qu'elle s'habitue d'abord à cette idée.

L'homme et la fillette firent tout le trajet en voiture dans un silence agréable. Il lui épargna les éternelles questions que posent d'ordinaire les adultes.

— Cette corbeille que tu as faite, c'est du beau travail, dit-il simplement. Tu as de quoi être fière.

— Oui, je le suis, répondit laconiquement Anna.

Mais en descendant de l'auto, elle pensa à le remercier. Elle alla jusqu'à l'inviter à entrer, même si ses parents n'étaient pas encore à la maison. Maman invitait toujours les gens à entrer. En tout cas, elle le faisait à Francfort.

— Une autre fois, ma petite, répondit-il en souriant.

Anna entra dans la maison en chantonnant à voix basse. Il l'avait appelée « ma petite », exactement comme Papa. Et il avait dit, des mois auparavant, qu'elle était légère comme une plume et qu'elle représentait « tout un défi ».

Mais il a les cheveux gris. Il est trop vieux pour Mme Williams, décréta-t-elle.

Puis l'image de sa magnifique corbeille lui revint à l'esprit. Elle oublia le docteur et l'institutrice et monta lentement l'escalier, en cachant au fond de son cœur son secret de Noël. Elle devait s'arranger pour ne pas le divulguer.

Les jours s'écoulèrent à pas de tortue. Mais ils finirent par passer. Et la dernière journée d'école arriva, l'avant-veille de Noël. Ce soir-là, Anna ramena sa corbeille à la maison, en la tenant contre elle avec la tendresse d'une mère pour son nouveau-né.

En chemin lui revint l'image d'Isobel, riant aux larmes en parcourant son dictionnaire. Quant à Ben, il était resté complètement interloqué devant son poème.

— Est-ce que je peux l'afficher sur le babillard? avait demandé Mme Williams.

Ben et Anna avaient rougi en chœur. Ben avait fait oui de la tête.

— Cette gamine est un génie, avait alors déclaré Bernard, avec un orgueil comme paternel.

Anna lui avait alors tendu ses élastiques.

— Oh! Anna! avait protesté Mme Williams en riant presque aussi fort qu'Isobel. Tu n'as donc aucun respect pour ma tranquillité?

Anna avait secoué la tête. Les deux fossettes étaient apparues.

— Attention, petite, l'avertit Bernard. Tu deviens aussi culottée qu'une vraie Canadienne.

— Je suis canadienne, avait répondu Anna.

Elle avait profité d'une courte absence de Mme Williams pour laisser le morceau de massepain sur son bureau. Quand elle avait quitté la classe, l'institutrice ne l'avait toujours pas découvert. Elle était contente. Il faut dire que ce n'était pas très gros.

Elle avait toujours le cadeau du docteur à la maison. Peut-être que Papa pourrait l'aider – le mettre dans sa boîte aux lettres, par exemple.

Elle était presque arrivée à la maison. Elle serra la corbeille contre elle tout en surveillant les alentours, au cas où elle rencontrerait ses frères et sœurs. Frieda était en train de pelleter l'allée des Blair. Anna sentit son pouls s'accélérer. Mais elle réussit à passer avant que sa sœur ne lève la tête.

Les autres étaient tous occupés lorsqu'elle entra dans la maison. Personne ne lui prêta la moindre attention quand elle traversa le palier pour rejoindre son alcôve. Elle eut toutes les peines du monde à marcher normalement. Ses pieds s'obstinaient à vouloir glisser et déraper. Une fois le rideau tiré, elle s'agenouilla pour aller cacher son trésor sous son lit.

Elle bouillait d'excitation en redescendant, mais elle s'efforça de marcher calmement. Elle avait gardé son secret pendant des semaines. Elle pouvait bien tenir une journée de plus!

Rudi rentra tard, ce soir-là. Gretchen, enfermée dans sa chambre, tricotait avec frénésie. Les jumeaux chuchotaient dans leur coin. Papa et Maman avaient l'air fatigués, mais plus heureux qu'avant. Anna regardait tout le monde en comptant les heures.

Encore vingt-quatre heures à attendre, au moins!

Ses parents travaillaient le lendemain, même si c'était la veille de Noël. Ils allaient même peut-être arriver en retard. Le sapin ne serait probablement pas prêt avant vingt heures au moins. Peut-être même vingt et une heures!

Maman se mit à inspecter les décorations pour le sapin qu'ils avaient apportées de Francfort. Certaines étaient brisées. L'ange était-il intact? Oui. Anna le vit dans la main de sa mère.

Tout à coup, elle n'y tint plus. Sans dire un mot à personne, elle monta et alla se coucher. Si elle était restée en bas, si elle n'était pas venue se cacher ici, les yeux tournés vers le mur, son magnifique secret aurait jailli de ses lèvres.

« Encore une journée, chantonnait-elle. Encore une journée! »

Mais la pendule sonna vingt-trois heures avant qu'elle ne réussît à s'endormir.

18
La veille de Noël

Le soir suivant, à peine Papa s'était-il débarrassé de son manteau que les cinq enfants furent expédiés dehors pour une petite promenade.

— Comme si on ne savait pas ce qu'ils sont en train de faire, lança Rudi d'un ton moqueur.

Lui-même venait juste de rentrer à la maison. Il avait les joues encore rougies par le vent.

— Tu aimes ça autant que nous, Rudi. Ne fais pas semblant du contraire, rétorqua Gretchen.

Rudi ne répondit pas, mais Anna savait que Gretchen avait visé juste.

— Est-ce qu'on peut rentrer, *maintenant?* supplia Fritz pour la centième fois.

Son grand frère consulta la montre de leur père, qui lui avait été prêtée expressément à cette fin.

— Encore quinze minutes.

— Quinze minutes! gémit Fritz.

Ça lui semblait une éternité.

Anna se rappela soudain de ce qu'Isobel lui avait raconté, comment elle était allée choisir le sapin avec ses parents et l'avait décoré avec les autres. Les Brown ne célébreraient Noël que demain matin. Il n'y aurait pas de chandelles, seulement des lumières multicolores. Isobel avait trouvé « bizarre » la façon de fêter Noël chez les Solden, mais Anna n'avait pas envié son amie.

Pauvre Isobel, avait-elle pensé.

Et puis très vite, ce fut l'heure. Ils remontèrent l'allée en se bousculant dans leur hâte, entrèrent et retirèrent leurs manteaux. Tous les yeux étaient fixés sur la porte de la salle de séjour, encore soigneusement fermée. Rudi lui-même avait oublié son âge.

— Prête, Maman? demanda Papa.

— Prête, répondit Maman derrière la porte.

Papa ouvrit celle-ci toute grande, et l'arbre de Noël apparut devant leurs yeux émerveillés. Anna aurait été incapable de le décrire, même si elle en enregistrait chaque détail : les boules multicolores, les petites chandelles allumées. Il y avait aussi des décorations en sucre filé et des chocolats fourrés enveloppés dans du papier d'argent. Tout en haut était perché le petit ange aux ailes diaphanes sur lequel jouait la lumière.

Les Solden se mirent à chanter. Et il n'était plus question d'anglais. L'idée ne les effleura même pas. L'hymne en l'honneur de l'arbre de Noël devait se chanter dans la langue du pays d'où il était venu, il y avait de cela longtemps.

O Tannenbaum, o Tannenbaum
Wie grün sind deine Blatter!

Anna avait l'impression qu'elle allait exploser de joie.

Papa lut ensuite l'histoire de la Nativité et pria. Et tout de suite après, il se mit à distribuer les cadeaux. Anna avait pensé en recevoir un ou deux. Mais non! La série commença par une paire de mitaines rouge cerise que Maman lui avait tricotées dans le plus grand secret.

Elle a dû les tricoter tard le soir, après que je suis couchée, songea Anna. Elle se rappela à quel point sa mère était fatiguée, le soir. La gorge serrée, elle pressa les mitaines contre sa poitrine.

Elle eut aussi un jeu. Cela s'appelait Serpents et échelles. Anna ouvrit la boîte. Avec ses lunettes, tout était facile à lire. Fini le temps où personne ne voulait jouer avec elle. Elle allait leur montrer de quoi elle était capable avec son nouveau jeu.

— Merci, Papa, dit-elle. Maman, merci.

— Et encore quelque chose pour Mlle Anna Elisabeth Solden, annonça Papa.

Ce n'était pas une de ces poupées aux cheveux frisés qui ouvrent et ferment les yeux. Ça, c'était ce qu'Isobel avait commandé. Non. Rien n'aurait pu faire plus plaisir à

Anna que ce dernier cadeau.

— Un livre! s'exclama-t-elle, le souffle coupé.

Il avait pour titre *Maintenant, nous sommes six.* Papa avait écrit une dédicace à l'intérieur.

Pour mon Anna, qui adore lire de la poésie. Avec tout mon amour, Papa.

Comment avait-il deviné? Oh, bien sûr, il savait qu'elle aimait les poèmes! Il lui en avait appris beaucoup. Mais il ne pouvait pas savoir qu'elle arrivait à lire toute seule. Et en anglais, par-dessus le marché. Elle leva vers lui un regard interrogateur. Il sourit.

— Mme Williams et moi avons eu une petite conversation, dit-il simplement.

Anna rougit. Elle décida de rapporter à la maison *Au jardin des poèmes d'enfance* dès que les vacances de Noël seraient terminées. Elle aurait dû le faire avant.

Malgré leur excitation et leur joie d'ouvrir leurs cadeaux, les cinq enfants demeuraient préoccupés, songeant plus aux présents qu'ils allaient offrir qu'à ceux qu'ils recevaient.

Maman et Papa allaient en tomber de leur chaise!

— Et que diriez-vous d'un petit chant de Noël? proposa alors Maman.

Rudi leva la main comme un jeune prince.

— Non. Attendez! commanda-t-il.

Ses yeux bleus brillaient d'excitation. Il se tourna vers Gretchen :

— À toi l'honneur, Gretel.

Gretchen avait caché ses présents sous les coussins du sofa.

— Papa, Maman, levez-vous! ordonna-t-elle.

Elle avait tricoté une écharpe pour chacun de ses parents. Une écharpe jaune et soyeuse pour sa mère, une autre d'un bleu profond pour son père.

— De la couleur de tes yeux, précisa-t-elle à Papa.

Celle de Maman était tricotée dans un point ajouré qui avait obligé Gretchen à compter des mailles pendant des jours.

— C'est magnifique, Gretel! Vraiment superbe, dit Maman avec fierté. Mais je t'avais dit...

— Je sais, répondit sa fille, mais nous avons tous préparé quelque chose. Sauf Anna, bien sûr.

Celle-ci se raidit, mais garda le silence.

Maman enroulait l'écharpe autour de son cou. Le jaune mettait en valeur sa chevelure sombre. Gretchen rayonnait. Elle jeta à Rudi un long regard en biais. Essaie de faire mieux, lui disait-elle.

— Les jumeaux! appela Rudi.

— Notre présent est pour Papa, s'excusa Fritz auprès de leur mère.

Lui et Frieda avaient enveloppé leur cadeau dans un emballage de leur confection.

— Comme les Canadiens, expliqua Fritz.

Papa ouvrit le paquet avec précaution. Il y trouva une

pipe, du tabac à pipe, une blague à tabac, un cure-pipe et des allumettes. Les jumeaux avaient commencé leurs achats persuadés de disposer d'une fortune, mais une fois acheté tout ce qu'ils jugeaient nécessaire pour Papa, leur capital avait fondu.

— Tu pourrais fumer toi aussi, Maman, suggéra Frieda.

— Peut-être... pourquoi pas? répondit sa mère d'un ton solennel.

Tout le monde éclata de rire, les jumeaux encore plus fort que les autres.

Papa eut toutes les peines du monde à allumer sa pipe. C'était la première fois qu'il fumait la pipe, avoua-t-il. Toute la famille suivait l'opération avec attention. Anna, appuyée sur ses bras, luttait pour ne pas grimper à l'étage chercher sa corbeille. Elle devait attendre son tour, et elle était la benjamine.

Papa tira sur sa pipe d'un air pensif. Et se mit à tousser.

— C'est une bien belle pipe, les enfants, souffla-t-il, les larmes aux yeux.

Des larmes de joie, songea Frieda tout heureuse.

— C'est un cadeau magnifique, ajouta Papa, qui éloigna la pipe pour la contempler avec respect.

Rudi avait quitté la pièce. Les autres attendaient avec impatience. Même si leur frère était sorti d'un pas tranquille, ils savaient qu'il était terriblement énervé. Son cadeau ne pouvait être que quelque chose d'extraordinaire.

À son retour, il tenait dans les bras un grand poinsettia pas très fourni. Sans un mot, il le tendit à sa mère. Maman posa le pot légèrement ébréché sur ses genoux et contempla les fleurs rouges qui lui arrivaient presque à la hauteur des yeux.

— Oh, Rudi, une vraie plante de Noël, fit Maman tout émue. Comment as-tu trouvé ça? Nous n'avons jamais rien eu d'aussi beau, même à Francfort. N'est-ce pas, Ernst?

Rudi rougit jusqu'aux oreilles. Puis il se mit à raconter. Les mots, d'abord hésitants, sortirent ensuite d'un trait.

— Il y a longtemps que je pensais vous offrir quelque chose, mais je n'ai même pas vu les jours passer. Ils avaient besoin de moi à la patinoire, parce que je suis le patineur le plus rapide. C'est vrai. Quand j'ai voulu trouver du travail, il ne restait plus de neige à pelleter. J'ai pensé offrir mes services comme livreur, mais partout où je m'adressais, on me disait non. Il faut avoir une bicyclette.

La famille l'écoutait en silence chercher ses mots. Ça ressemblait si peu à Rudi, d'habitude si fier et si sûr de lui. Il ne leur donna pas l'occasion de l'interrompre. Il voulait en finir au plus tôt. Le plus difficile était passé, à présent. Il fourra ses mains dans ses poches et se détendit.

— Alors je suis allé voir M. Simmons, le fleuriste. C'était… hier soir. J'étais sûr qu'il n'y aurait rien pour moi. Mais il est toujours gentil à l'église et je l'ai déjà vu dans ton magasin, Papa. Il m'a demandé : « Tu es bien le fils d'Ernst Solden? » J'ai dit oui, et je lui ai raconté que je cherchais du travail mais que je n'en trouvais pas. Et tu sais, Papa, je n'ai rien quémandé.

— J'en suis sûr, Rudi, répondit Papa.

Personne n'en doutait.

— Alors il m'a dit que si je voulais m'occuper de quelques livraisons de dernière minute dans le quartier, il me donnerait une plante invendue. C'est pour ça que je suis rentré tard, hier soir. Je travaillais, conclut Rudi fièrement, content de lui comme à son habitude.

— C'est splendide, Rudi, tu es un garçon courageux et persévérant, dit Maman chaleureusement.

— Papa, tu n'aimes pas ta pipe? demanda Fritz d'un air inquiet.

Papa l'avait laissée s'éteindre.

— Mais bien sûr que oui! s'exclama Ernst Solden, en la reprenant.

Il la tenait dans ses doigts comme si c'était un objet précieux.

— Tu sais, Fritz, il me faut du temps pour m'habituer, c'est tout. Pour l'instant, je ne peux pas suivre tout ce qui se passe et fumer convenablement ma pipe en même temps.

Un sourire de soulagement éclaira le visage de Fritz. Rudi fronça les sourcils, mécontent qu'on ait interrompu sa minute de gloire. Il se demanda tout à coup si Papa aimait vraiment le cadeau des jumeaux. Ce tabac avait une drôle d'odeur. Rudi essaya de ne pas respirer trop profondément.

Maman était encore plongée dans la contemplation du poinsettia.

— Je me demande bien où on va le mettre, murmura-t-elle en caressant tendrement les feuilles écarlates. Sur le manteau de la cheminée, peut-être…

Elle se leva pour faire un essai, à la place d'honneur, en plein milieu. Papa dut lui tenir la plante pendant qu'elle déplaçait la pendule sur le côté. Quand le poinsettia fut correctement centré, elle recula d'un pas pour juger de l'effet. Tout le monde suivait attentivement l'opération. Il fallait que ce soit irréprochable. Ce l'était.

— Parfait, déclara Maman en se retournant vers ses enfants.

C'est alors qu'elle s'aperçut qu'Anna n'était plus là. Anna, qui autrefois se déplaçait toujours d'un pas lourd et hésitant, pouvait maintenant disparaître d'une pièce sans un bruit.

— Anna… commença Maman.

Ernst Solden se pencha aussitôt pour lui toucher le bras.

— Laisse, Clara, attends. Elle va revenir tout de suite.

Les autres ne s'étaient même pas rendu compte de l'absence d'Anna. Ils étaient trop occupés à se raconter les péripéties des dernières journées : les multiples fois où Maman avait failli surprendre Gretchen en train de tricoter, les allées et venues des jumeaux en quête de la pipe parfaite, les endroits où Rudi avait livré des fleurs.

Maman se mit les mains sur les oreilles.

— Heureusement que ce n'est pas Noël tous les jours! s'écria-t-elle. Vous allez me rendre sourde!

Mais elle s'inquiétait encore pour Anna. Ernst pouvait dire ce qu'il voulait, peut-être valait-il mieux qu'elle aille voir. Ce n'était pas bien que la petite reste à l'écart.

Et tout à coup, Anna fit son entrée, sa corbeille dans les mains.

19
Joyeux Noël, Anna

Elle ne l'avait pas enveloppée. Mais elle avait trouvé, sur le bureau de Papa, une feuille de papier. Elle y avait simplement inscrit en gros caractères :

From Anna*

Les lettres étaient cahotantes et inégales parce que malgré tous ses efforts, elle n'avait pu empêcher sa main de trembler. La feuille, pliée en deux, était installée à cheval sur le rebord de la corbeille.

Elle brandit sans plus de façons son cadeau en direction de sa mère.

---

* De la part d'Anna.

— Voilà, je l'ai faite à l'école, annonça-t-elle d'un ton où perçait le défi.

Maman contempla d'un air ébahi la corbeille, puis jeta un regard tout aussi stupéfait sur l'enfant qui la lui tendait. Elle n'en croyait pas ses yeux. Elle ouvrit la bouche, mais aucun son n'en sortit. Papa, qui s'était assis, se releva. Puis un lent sourire détendit ses traits et il se laissa retomber dans son fauteuil. Cette fois, c'était à Clara de jouer.

Maman finit par retrouver la parole :

— Anna! Oh, *mein Liebling,* ma chérie! c'est... c'est merveilleux! Je ne peux pas... Ernst, regarde! As-tu vu? Anna nous a offert une corbeille. Tu n'as pas fait ça toute seule, Anna?

— Oui, c'est moi qui l'ai faite, répondit Anna, droite comme un piquet.

Elle avait l'impression d'être une géante, un oiseau en plein vol, un arbre de Noël avec toutes ses chandelles allumées...

Maman détourna soudainement les yeux du petit visage radieux qui lui faisait face. Elle aussi avait les mains qui tremblaient en posant la corbeille par terre. Puis elle se dirigea vers la cheminée et enleva le poinsettia de Rudi. Elle y installa à la place la corbeille d'Anna, dans laquelle elle déposa la plante. Le pot disgracieux avait disparu et le poinsettia flamboyait, plus écarlate que jamais.

Dans la pièce, pas un mot et personne n'avait bougé. Ce fut Maman qui finalement rompit le silence. Debout, les yeux fixés sur la corbeille toute fleurie, elle commença d'une voix étranglée :

— C'est moi qui ai été aveugle tout ce temps. C'est à moi que le Dr Schumacher aurait dû prescrire des lunettes.

Anna écarquilla les yeux. Maman avait une vue excellente. Les quatre autres enfants semblaient eux aussi perplexes.

— Ce n'est pas seulement toi, Clara. Personne parmi nous n'a su le voir.

Avant que les enfants aient pu comprendre ce que leurs parents voulaient dire, Maman s'était retournée et, vive comme l'éclair, avait attrapé Anna sans lui laisser le temps de s'esquiver. Elle serra sa petite fille étroitement contre elle.

— Ce soir... ce soir, tu es mon enfant la plus chère, dit-elle.

Maman savait qu'Anna détesterait la voir s'apitoyer sur son sort, mais elle ne pouvait s'empêcher de pleurer et, après tout, cela n'avait pas d'importance. Elle serrait sa fille plus fort que jamais, pour rattraper toutes les fois qu'Anna avait eu besoin d'être câlinée, mais qu'elle était repartie le cœur meurtri.

Anna ne savait plus où se mettre.

C'était donc ça! Cette chaleur et cette tendresse qui rayonnaient à l'intérieur et qui vous enveloppaient. Mais il y avait encore quelque chose qui clochait. Parce que les autres étaient laissés pour compte. *Rudi n'est pas content de voir sa plante dans ma corbeille,* songea-t-elle. Et Gretchen

qui lui avait offert de tricoter quelque chose qu'elle pourrait donner en cadeau. Tout à coup, Anna se rendit compte que sa grande sœur le lui avait proposé de bon cœur. Et les jumeaux… que pouvaient-ils bien ressentir? Ils n'avaient rien offert à Maman.

— Arrête, Maman, murmura Anna en essayant de se dégager.

Rudi prit alors la parole, d'une voix forte et dure.

— Quelqu'un l'a aidée, c'est sûr, lança-t-il.

Gretchen et Frieda opinèrent aussitôt.

— Anna n'a pas fait ça toute seule, ajouta Fritz pour venir à la rescousse de son frère. Elle en est incapable.

Papa se leva si brusquement qu'il fit sursauter tout le monde. Il les surplombait de toute sa hauteur. Jamais il ne leur avait paru aussi grand.

Mais Anna le devança.

— C'est vrai. J'ai eu de l'aide, admit-elle.

Elle se tenait debout, proche de Maman, et faisait face à ses frères et sœurs. Elle qui, quelques instants plus tôt, s'exprimait d'une voix claire et enjouée, parlait maintenant d'une voix éteinte, presque enrouée. Mais elle poursuivit son explication, racontant comment s'était produit le miracle.

— Mme Williams a donné l'idée et nous a montré comment faire. Le Dr Schumacher a acheté l'osier et toutes les choses nécessaires. Et il y a des gens qui se sont occupés de la peinture.

Elle leva le menton.

— Mais c'est moi qui l'ai tressée, moi toute seule, ajouta-t-elle.

Papa l'ignora complètement. Il commença par Rudi.

— Dis-moi, Rudolf, comment aurais-tu pu ramener cette plante sans l'aide de M. Simmons? demanda-t-il.

Rudi ne savait pas quoi répondre. Et même s'il l'avait su, il n'aurait pas osé ouvrir la bouche. Papa parlait d'un ton trop calme, et chaque mot faisait mouche, comme un coup de poignard. Il l'avait appelé Rudolf, aussi, ce qui était généralement très mauvais signe.

Papa attendit, à tout hasard. Son fils Rudolf semblait avoir oublié de respirer. Ernst Solden tourna la tête. Au tour de Gretchen, à présent. Celle-ci fixait le tapis usé en regrettant amèrement de ne pas être ailleurs. N'importe où! Elle essayait de ne pas penser à sa petite sœur, à la façon dont celle-ci les avait affrontés tous les quatre.

— Et toi, Gretchen, tu savais tricoter dès ta naissance, je suppose? Qui t'a prêté l'album avec les patrons? Et où as-tu trouvé la laine?

Les autres n'avaient pas pensé à ça. La laine n'était pas gratuite. Est-ce que Gretchen avait travaillé pour pouvoir la payer? Ils lui lancèrent des coups d'œil interrogateurs, mais elle gardait les yeux fixés sur le tapis. Elle savait, et Papa le savait aussi, qu'elle était allée lui demander de l'argent et qu'elle avait subtilisé un des manuels de tricot de Maman. Mais il lui fallait de la laine. Qu'aurait-elle bien pu tricoter si elle n'avait pas eu de laine?

Papa ne prit même pas la peine d'attendre une réponse, cette fois.

— Fritz, Frieda, nous n'avons pas de pelle à neige, il me semble. Pourtant, vous en aviez deux pour travailler. Je croyais que c'était le voisin qui vous les avait prêtées, mais je dois me tromper. Elles ont dû tomber du ciel, n'est-ce pas?

Les jumeaux restaient cois, assis côte à côte sur le sofa.

Ça ne se peut pas qu'une chose pareille arrive la veille de Noël, sanglotait intérieurement Frieda. Fritz, sans prononcer une parole, lui répondit tristement : *ce sera le pire Noël de notre vie.*

Quand Papa avait commencé à parler, Maman avait attrapé Anna pour l'asseoir dans le grand fauteuil à côté d'elle. Comme si elle avait deviné que sa fille allait tourner de l'œil. Elle aussi se lança dans un discours cinglant, tout en gardant Anna serrée contre elle. Et elle aussi était du côté de Papa! Contre eux! Sa colère retomba sur les pauvres jumeaux. Elle ne voyait pas à quel point ils avaient l'air misérables. Elle n'avait en tête que l'image d'Anna, blanche comme un drap, juste avant qu'elle ne la fasse asseoir.

— Votre pauvre père était fatigué et frigorifié… Tu te rappelles, Fritz? Et toi Frieda, as-tu déjà oublié? Quand il s'est arrêté pour vous aider à pelleter cette neige pendant que je rentrais préparer le souper. Mais peut-être que j'ai rêvé?

Il n'y eut personne pour lui dire qu'elle avait imaginé

tout ça. Tous voyaient bien qu'elle allait se remettre à pleurer. Une minute de plus, et ils allaient tous pleurer! Alors Papa se mit à rire. Un rire étrange et rauque, mais un rire tout de même. Tous n'osaient pas encore y croire.

— Qu'est-ce qui se passe dans cette maison? demanda Ernst Solden.

Sa colère avait disparu aussi vite qu'elle était venue.

— En voilà des larmes, et des tristes mines pour une veille de Noël! Ça ne va pas du tout. Et tout ça parce qu'Anna nous a offert un cadeau. Mais nous devrions tous chanter!

Il tira Anna du giron rassurant de sa mère pour la mettre sur ses pieds, en face de lui.

— Viens, Anna, réjouis-toi, lui dit-il. Chacun d'entre nous serait fier d'avoir fabriqué cette corbeille. Et nous pourrons tous nous en servir, pendant des années et des années! Et tout le monde ici est fier de toi, même si tu as eu de l'aide, parce que tu l'as fait par amour et pour Noël. Mais comment as-tu pu garder ton secret si longtemps?

Anna, la gorge nouée, refoula les larmes qui lui piquaient les yeux, et fit tout son possible pour répondre sur son ton habituel :

— Je ne l'ai ramenée de l'école qu'hier soir, et après, je l'ai cachée sous mon lit.

Tout à coup, Gretchen fut elle aussi debout. Elle avait oublié la scène si douloureuse de tout à l'heure. Elle se rapprocha de Papa et attrapa Anna par le bras.

— Elle est superbe, ta corbeille, Anna, lâcha-t-elle. Et tu ne nous as rien laissé deviner. Pas le moindre indice!

La glace avait fondu. La tension disparut de leurs cœurs et de la pièce tout éclairée.

Frieda et Fritz se mirent à parler tous les deux en même temps, dans une bousculade de mots.

— C'est magnifique…

— Peux-tu m'apprendre…?

— Personne ne s'est douté de rien. *Personne!*

— Mais personne n'a rien su pour vos cadeaux à vous non plus, marmonna timidement Anna, rayonnante de plaisir.

Rudi n'avait toujours rien dit. Tant de bruit pour une vulgaire corbeille! Rien ne battait son poinsettia. Il détourna les yeux de la plante, parce que le spectacle de la corbeille l'incommodait, et rencontra le regard de sa mère qui l'observait. Il se mit à tousser. La seconde d'après, à sa grande surprise, il était debout.

— Je ne comprends pas comment tu as réussi à faire ça, Anna, lui dit-il en toute honnêteté. Tu n'es qu'une petite gamine.

Tout le monde éclata de rire devant son air surpris. Même Maman, encore assise dans le grand fauteuil. Mais le regard qu'elle lança à son fils aîné donna à celui-ci l'impression d'avoir grandi, d'avoir regagné son amour et retrouvé le Rudi qu'il avait toujours été.

— Maman, j'ai faim, annonça Frieda d'un ton plaintif,

effaçant définitivement toute trace de tension.

Elle n'était pas la seule. Tous les enfants se tournèrent vers leur mère. Ils savaient qu'elle avait préparé un festin. Depuis une semaine, elle cuisinait tous les soirs, et aujourd'hui, elle était rentrée au milieu de l'après-midi. Elle avait même interdit à Gretchen l'accès à la cuisine tandis qu'elle mettait la dernière touche à son repas de fête.

Mais Maman ne bougea pas d'un pouce. Ses yeux noirs pétillaient de malice.

— Pas encore, dit-elle.

— Mais Maman…

— Les invités d'Anna ne sont pas arrivés, annonça Clara Solden, le plus calmement du monde.

20
Encore une surprise

Rudi, Gretchen, Frieda et Fritz fixaient leur mère, interloqués.

— Les invités d'Anna?

Celle-ci leva le nez et regarda son père à travers les deux lunes de ses lunettes.

— Oh, Papa, tu leur as demandé! s'écria-t-elle.

— C'est exact, répondit-il avec un grand sourire.

Elle était si excitée! Il ne l'avait jamais vue comme ça, les joues toutes roses, les yeux brillants. Une de ses nattes était défaite et ses lunettes étaient de travers. Mais quelles fossettes! Avait-elle toujours eu des fossettes comme ça?

Elle est belle, songea son père.

— Il faut attendre, dit-il. Mais ils vont arriver. Franz doit amener Mme Williams avec lui en voiture.

Il y avait quelque chose dans la voix de Papa…

Isobel a raison, pensa Anna. *Ils* sont *en amour.* Un large sourire illumina son visage.

— Lâche-moi, Papa, dit-elle soudain. Je veux aller voir mes cadeaux en attendant qu'ils arrivent.

Les autres, toujours sous le coup de la surprise, jacassaient encore à propos des invités, mais Anna n'en pouvait plus d'être le centre de l'attention. Elle s'agenouilla par terre à côté du sapin et s'empara du livre *Maintenant, nous somme six*. Elle l'ouvrit et y colla son nez. Parfait. Il sentait bon. L'odeur d'un livre compte beaucoup quand on est obligé de le lire de si près.

Et il y avait aussi le jeu, et les mitaines, qu'elle enfila. Elle enfouit son visage dans la douceur de la laine.

On sonna à la porte.

— Les voilà, Anna, dit Papa. Vas-y, et fais-les entrer.

Elle se releva tant bien que mal, arracha ses mitaines et vint tirer son père par la manche.

— Viens avec moi, implora-t-elle. Je ne peux pas y aller toute seule.

Maman, qui s'inquiétait encore pour la quantité de nourriture qu'elle avait préparée, s'impatienta.

— Ne fais pas le bébé, fit-elle d'un ton redevenu soudain plus sec. Tu es en train de les faire attendre.

— Ne t'en fais pas, Clara. Je ne crois pas qu'ils s'en plaignent, répondit Papa en riant.

Il baissa les yeux vers Anna qui le regardait d'un air affolé. Alors gentiment, très gentiment, il se mit à la taquiner :

— Moi qui te croyais si indépendante! Ma petite Anna

qui suit toute seule son bonhomme de chemin. Mais tu n'as pas besoin qu'on te tienne la main. Pas toi!

Il se moquait d'elle. Son propre Papa, lui qui jamais ne riait d'elle! Mais Bernard le faisait tous les jours. Et Isobel ne s'en privait pas non plus :

— Tu *es* vraiment drôle, Anna, disait-elle souvent.

Même Mme Williams la taquinait! Mais Anna ne s'en formalisait plus. Ce temps-là était révolu.

— S'il te plaît, s'il te plaît, Papa, répétait-elle en le tirant par sa manche et en souriant elle aussi sans pour autant lâcher prise.

— Bon, allons-y alors, lui dit-il en lui tendant sa grande main.

Elle sentit alors son courage revenir et marcha fièrement. Elle, Anna, avait des invités.

Mais elle oublia de regarder où elle mettait les pieds et trébucha sur un pli du tapis. Si Papa n'avait pas été là pour la retenir, elle se serait étalée par terre.

— Et voilà Anna l'empotée! lança Fritz en riant.

Elle allait lui retourner un regard féroce quand la sonnette retentit à nouveau.

— Il l'a dit pour rire, la rassura Papa en serrant sa main dans la sienne.

Deux fossettes apparurent subitement sur le visage d'Anna.

— Dépêche-toi Papa, le pressa-t-elle, comme si Fritz n'existait pas.

Ensemble, ils ouvrirent la porte à Mme Williams et au docteur.

— Joyeux Noël, Anna!

— Joyeux Noël, Mme Williams!

— Oh! Il neige! Regarde, chérie, c'est comme des étoiles!

— *Fröhliche Weihnachten*, Franz.

Les invités entrèrent. On referma la porte sur le froid et la neige. Anna s'empara du lourd manteau de son institutrice et se dirigea d'un pas mal assuré vers le placard.

Tout le monde était dans le couloir à présent, et les Joyeux Noël! fusaient de partout.

Puis Maman prit la parole :

— Maintenant, nous pouvons manger, Frieda.

Ils suivirent tous Maman, en se moquant de Frieda, dont le visage avait tourné au rouge.

Anna fut alors bombardée de questions.

— Ont-ils aimé ta corbeille? demanda Mme Williams.

— Leur as-tu fait la surprise? Avais-tu gardé le secret? continua le docteur.

Mais avant qu'elle ait pu ouvrir la bouche, Mme Williams ajouta :

— Et ton arbre de Noël, Anna? Est-il aussi splendide que ce que tu nous avais décrit? Si beau qu'on n'oserait même pas le dessiner?

— *Ja!* répondit Anna. Oh oui!

Ils ne pouvaient pas passer à table tout de suite! Il fallait qu'elle le fasse comprendre à Maman. Ils devaient d'abord aller voir le sapin. Et il y avait encore une surprise, une révélation qu'elle voulait leur faire depuis longtemps, mais qu'elle avait toujours retardée ou oubliée.

En fait, je ne voulais pas vraiment leur dire, s'avoua-t-elle. *J'avais peur, tout simplement.* Elle n'avait plus peur à présent. Mais il fallait d'abord convaincre Maman.

— Maman, Maman, arrête! Attends! cria-t-elle à sa mère qui s'apprêtait à ouvrir la porte de la salle à manger.

Clara Solden se retourna. *Quoi encore?* Sa bouche se durcit. Puis elle se souvint de ce qu'elle avait appris ce soir.

— Qu'est-ce qu'il y a, Anna? demanda-t-elle.

— On devrait plutôt aller voir le sapin d'abord, juste un petit moment, répondit Anna.

Maman hésita. Mais Papa était d'accord.

— Elle a raison, Clara, dit-il.

Maman lâcha la poignée de la porte pour venir les rejoindre. Et ils se retrouvèrent tous debout devant le sapin, qui scintillait de tous ses feux. Il était aussi magnifique que la première fois qu'ils l'avaient vu, quand Papa avait ouvert la porte. Émerveillée, Mme Williams écarquillait les yeux.

— Jamais je n'avais vu un sapin de Noël avec de vraies chandelles allumées. C'est splendide.

Anna savait bien que son institutrice aimerait ça. Et il était important qu'elle voie d'abord le sapin. Mais à présent, le moment était arrivé pour l'autre surprise. *Peut-être devrais-tu attendre un peu plus tard,* susurra dans sa tête une petite voix. *Attends donc qu'il y ait moins de monde pour le faire.*

Anna avait obéi bien souvent à cette voix. Mais cette fois, elle fit la sourde oreille.

— Maman, se dépêcha-t-elle de dire pendant qu'elle s'en sentait encore le courage, j'ai quelque chose à te dire.

— Pas une autre surprise! s'exclama l'intéressée.

Elle s'inquiétait encore pour le repas, même si elle savait pertinemment qu'il y en avait plus qu'assez. Mais peut-être que le Dr Schumacher avait un appétit d'ogre!

Elle baissa les yeux vers Anna, qui attendait que sa mère l'écoute comme il faut. Oh, il allait falloir qu'elle trouve du temps pour Anna. À partir de maintenant, elle devrait toujours lui consacrer du temps.

— Oui, Anna, répondit-elle, en ouvrant toutes grandes les oreilles.

— Je sais parler anglais, lui annonça sa fille, qui se mit aussitôt à rire parce qu'elle avait prononcé cette phrase non pas en anglais mais en allemand.

Maman n'allait rien y comprendre. Anna fit un nouvel essai, cette fois dans sa nouvelle langue.

— Je peux parler anglais, Maman, et pas juste un petit peu. C'est vrai. Je le fais tout le temps à l'école. Je pense même en anglais la plupart du temps, maintenant. Je parle… presque aussi bien que toi.

Elle savait que son anglais était meilleur que celui de sa mère, mais elle aimait tellement Maman ce soir.

— En anglais! s'exclama celle-ci, si stupéfaite qu'elle en oublia complètement le souper. Mais à la maison, tu ne parles qu'allemand. Jour après jour!

— C'est sûr qu'elle parle anglais à l'école, j'en sais quelque chose, intervint Mme Williams. Elle est même en train de devenir bavarde comme une pie. Isobel lui donne de mauvaises habitudes.

— Es-tu surprise, Maman? insista Anna. Es-tu contente?

Clara Solden ne savait pas elle-même ce qu'elle ressentait. Elle continua de sourire, mais une ombre de tristesse obscurcit son visage durant quelques secondes.

— Il ne me reste plus un seul enfant allemand, fit-elle.

— Ce sont tous tes enfants, lui répondit Papa en l'entourant de son bras. Ce sont peut-être des petits Canadiens, mais ce sont tous tes enfants, *meine Liebe*. Oui, Anna, ta mère *est* surprise, et elle est contente aussi...

— Maman, écoute, interrompit Anna, sans pour une fois prêter attention à ce que disait Papa. Écoute ce que j'ai appris pour toi.

Elle se redressa, les pieds légèrement écartés, les mains nouées derrière le dos, la tête haute. Derrière elle, sur le manteau de la cheminée, trônaient sa magnifique corbeille et le poinsettia de Rudi. Elle prit une profonde inspiration et commença à chanter :

Ô nuit de paix! Sainte nuit!

— *Ach, Stille Nacht*, murmura Maman.

Elle était encore une fois au bord des larmes, mais cela ne dura pas. Anna poursuivit en anglais.

Dans le ciel l'astre luit...

Gretchen joignit alors sa voix à la sienne.

Sur la paille est couché l'Enfant
Que la Vierge endort en chantant;

Et les trois autres enfants entonnèrent avec elles la fin du couplet :

Il repose en ses langes
Son Jésus ravissant.

Les adultes se mirent eux aussi à chanter, Mme Williams d'une voix douce en anglais, le Dr Schumacher, Papa et Maman dans la langue de celui qui, à l'origine, avait composé la chanson :

Schlaf in himmlischer Ruh,
Dans les champs tout repose en paix.

Anna les entraîna jusqu'au couplet suivant. On aurait

juré qu'elle voyait les bergers, qu'elle entendait le chœur des anges.

C'est vraiment quelqu'un, mon Anna, songeait Papa en regardant le visage heureux de sa fille. Il avait vu juste, depuis le début.

Mais Anna ne pensait pas du tout à des choses de ce genre. Elle avait oublié Anna l'empotée. Elle ne se considérait plus comme le défi de Mme Williams. Elle ne pensait même plus à cet instant béni où, enfin, Maman l'avait appelée son enfant la plus chère.

Pour Anna, c'était Noël. Et Anna chantait.

L'origine d'Anna

PAR JEAN LITTLE

Il y a environ cent cinquante ans, en Allemagne, une petite fille est venue au monde dans la famille Solden. Ses parents l'ont prénommée Anna. Lorsqu'elle était adolescente, sa famille a déménagé au Canada et la jeune Anna a trouvé un emploi chez Jane Mellis, une mère de six enfants, en tant que domestique. La plus jeune des six enfants Mellis est plus tard devenue ma grand-mère.

À l'arrivée d'Anna, ma grand-mère était une petite fille grassouillette que ses frères et sœurs plus âgés embêtaient sans ménagement. Anna a été outrée lorsqu'elle a découvert que les frères et sœurs de ma grand-mère la surnommaient « Margaret la grassouillette » et qu'ils se moquaient d'elle lorsqu'elle pleurait. Elle les a obligés à l'appeler « Gret » et à la traiter avec gentillesse.

À ma naissance, je souffrais de strabisme et j'avais une très mauvaise vue. Avec ma famille, nous avons d'abord vécu à Taïwan, mais lorsque nous sommes arrivés au Canada, j'ai été placée dans une classe spéciale pour enfants malvoyants. Notre institutrice, Mme Bogart, était une femme charmante et, la première année, elle nous a enseigné à fabriquer des corbeilles à papier pour nos parents en guise de cadeaux de Noël.

Les corbeilles ont été soigneusement tressées à partir de roseaux blancs et robustes. Sous la base en bois, nous avons inscrit nos initiales. Les miennes étaient peintes en vert et elles étaient si parfaites que j'avais du mal à croire que je les avais faites moi-même. J'en étais si fière.

Nous avons ensuite déménagé à Guelph et on m'a inscrite à l'école ordinaire. À cette école, les garçons et les filles m'ont poursuivie dans la rue, me criant « yeux croches » jusqu'à ce que je pleure. Lorsque je suis rentrée à la maison, ma grand-mère a fait de son mieux pour me réconforter et elle m'a parlé de la gentillesse d'Anna Solden à son égard lorsqu'elle était une petite fille. Comme j'aurais aimé qu'une Anna Solden me délivre des enfants qui me tourmentaient!

Je n'avais pas d'amis à cette époque. J'ai donc appris à trouver mes amis dans les livres. Au bout d'un certain temps, j'ai découvert que je n'aimais pas seulement lire des histoires, mais que j'aimais aussi écrire. Lorsque j'étais adolescente, comme Anna Solden, j'ai écrit un conte de

Noël intitulé *The Gift* pour ma mère. C'était l'histoire d'une petite fille qui avait déménagé au Canada et qui avait tressé un panier magnifique. Mon conte faisait huit pages. Je ne voulais pas écrire sur moi-même, mais je voulais que la jeune fille de mon histoire vienne au Canada d'un pays lointain, comme je l'avais fait.

J'avais besoin d'un nom étranger pour elle. J'ai longtemps réfléchi… puis l'inspiration m'est venue.

« Anna Solden, me suis-je dit. Je lui donnerai le nom d'Anna Solden. »

Tout le monde a aimé le récit et je l'ai gardé dans un tiroir avec tous mes poèmes et toutes mes histoires.

Des années plus tard, ce récit est devenu un roman.

Et elle était là, mon Anna de qui on se moquait. Elle avait une mauvaise vue, elle tressait une belle corbeille et elle apprenait à se faire des amis.

La gentillesse d'une adolescente allemande que je n'ai jamais connue a traversé les années et rempli mon livre d'amour.

.

À propos de l'auteure

Jean Little a été l'une des écrivaines pour enfants les plus appréciées du Canada. On l'a qualifiée de trésor national. Après son premier roman, *Mine for Keeps* (publié en 1962), Jean a continué à écrire : elle a signé plus d'une cinquantaine de romans, d'albums illustrés et de poèmes pour enfants, et ce, pendant plus d'un demi-siècle. Les livres *Mama's Going to Buy You a Mockingbird*, *Listen for the Singing* et *Dans les yeux d'Anna* comptent parmi les grands classiques de Jean Little. Parmi ses nombreux autres ouvrages, citons *Elle danse dans la tourmente; Willow and Twig; Hey World, Here I Am; One to Grow On; Once Upon a Golden Apple; Cher journal : Ma sœur orpheline; Cher journal : Mes frères au front; Exiles from the War; Le Noël de Pétunia; Pluie de souhaits; Listen, Said the Donkey.* Ces ouvrages lui ont valu le prix de littérature jeunesse du Conseil des arts du Canada, les prix CLA Book of the Year et CLA Honour Book, le prix du livre M. Christie, une mise en nomination pour le prix Geoffrey Bilson Award for Historical Fiction, et de nombreux autres honneurs. Ses livres ont été publiés dans de nombreuses langues et tous, à l'exception de quelques-uns, sont encore en circulation. Jean a également écrit sur sa propre vie dans *Stars Come Out Within* et *Little by Little*. Elle s'est vu décerner plusieurs diplômes honorifiques, a été nommée membre de l'Ordre du Canada et a reçu la Médaille du jubilé de diamant de la Reine.

Jean a souvent écrit sur le thème de l'oppression, peut-être en raison de ses propres difficultés. En effet, elle est née avec des cicatrices sur les deux cornées et elle a fréquenté une classe spéciale pour malvoyants, car elle était légalement aveugle. Ses personnages sont souvent aux prises avec des défis extérieurs, mais c'est la vie intérieure qu'elle dépeint de manière si convaincante. Selon Meguido Zola, cité dans *Language Arts* : « En fin de compte, c'est là l'idée maîtresse des romans de Jean Little : reconnaître et maîtriser l'ennemi intérieur plutôt que de s'attaquer à celui qui est à l'extérieur. »

La corbeille qu'a tressée Jean dans sa classe pour malvoyants et qui a inspiré le cadeau d'Anna dans ce livre se trouve aujourd'hui dans la Osborne Collection of Children's Books à Toronto, tout comme la version courte de *From Anna* (*Dans les yeux d'Anna*), qui a finalement donné lieu à cette histoire.

1. Lorsque le père d'Anna a décidé que toute la famille quitterait l'Allemagne pour s'installer au Canada, quelle a été la réaction de chacun des membres de la famille? Leurs sentiments ont-ils évolué au fil du temps? Si oui, comment ont-ils changé, et selon toi, quelle est la raison de ce changement?

2. Quel est le handicap d'Anna? Comment est-il perçu par les membres de sa famille? Par ses amis? De quelle manière Anna se perçoit-elle elle-même?

3. Comment Anna est-elle passée de la fille qu'elle était en Allemagne à celle qu'elle est devenue au Canada? Quelles différences peux-tu observer dans ses actions, ses émotions et ses relations?

4. Que penses-tu de la façon dont Anna est décrite dans l'histoire?

5. Comment Anna surmonte-t-elle ses difficultés? Comment s'est-elle libérée de la carapace protectrice qu'elle s'était construite?

6. En lisant cette histoire, as-tu changé d'avis sur tes camarades de classe, les membres de ta famille ou tes amis?

7. Quelles sont les différences entre les classes et les enseignantes qu'Anna a eues en Allemagne et au Canada? Selon toi, pourquoi certaines de ces différences existent-elles?

8. Comment la relation d'Anna avec sa famille a-t-elle évolué au cours de l'histoire?

9. À la fin de l'histoire, le père d'Anna parle à chacun de ses enfants de l'aide qu'ils ont reçue pour obtenir ou fabriquer leurs cadeaux. Nomme des personnes qui ont aidé Anna à partir du moment où elle a quitté l'Allemagne et explique comment ces personnes l'ont aidée.

10. Dans le livre, quel est ton passage préféré sur les sentiments d'Anna?

11. As-tu déjà gardé un secret pendant un certain temps? Qu'est-ce que c'était et à quel point as-tu eu du mal à ne rien dire? Qu'as-tu dû faire pour garder ce secret?

12. Selon toi, quel est l'aspect le plus puissant de l'histoire? Décris ce qu'il signifie pour toi.

13. En lisant la postface sur l'auteure, quelles similitudes as-tu trouvées entre elle et Anna? Quelles différences as-tu constatées?

14. Comment les lieux décrits dans ce livre, qui se déroule en Allemagne et au Canada dans les années 1930, se répercutent-ils sur le comportement des personnages? En quoi ce comportement pourrait-il être différent si l'histoire se déroulait aujourd'hui? Explique ta réponse.

15. Lis les trois questions ci-dessous et choisis-en une :

    a. Quelle expérience as-tu eue avec des immigrants au Canada?

    b. As-tu émigré (déménagé) d'un autre pays, et quelles sont les expériences auxquelles tu as dû faire face?

    c. As-tu déjà changé de classe ou d'école et rencontré des difficultés?

    En quoi tes expériences ont-elles été similaires ou différentes de celles décrites dans ce livre?

1. Peu de temps après l'arrivée d'Anna dans sa nouvelle école au Canada, Mme Williams lui demande de dessiner sa famille. Dessine ta famille. Quelles différences et ressemblances y a-t-il entre ta famille et celle d'Anna?

2. Anna souhaite offrir un cadeau à ses amis Isobel, Ben et Bernard. Elle doit trouver quelque chose qui convient à chacun d'entre eux. Pense à un ou à plusieurs de tes amis, puis conçois ou fabrique un cadeau pour l'un d'entre eux.

3. Sur une carte du monde, trace le voyage que les Solden ont effectué de Francfort à Toronto, tel que raconté dans l'histoire. Quels moyens de transport la famille a-t-elle utilisés pendant son voyage? (Remarque : il se peut que tu aies besoin de l'aide d'un adulte pour trouver un itinéraire entre Francfort et Hambourg.)